クリスマスと よばれた男の子

マット・ヘイグ 文
クリス・モルド 絵
杉本 詠美 訳

西村書店

ルーカスとパールへ

不可能。
——年寄りエルフの、ののしり言葉

謝辞

本づくりはチームワークだ。この本とて例外ではない。そしてこれが、『クリスマスとよばれた男の子』のために尽力してくれた「いい人」のリストである。
私の言葉をじつに魅力的なイラストに変えてくれた、クリス・モルド。よりよい言葉をつむぎだせるよう力を貸してくれたエルフの長、フランシス・ビックモア。キャノンゲート社のサンタクロース、ジェイミー・ビング。マザー・クリスマスのジェニー・トッド。ラファエラ・ロマヤとシアン・ギブソンはじめ、キャノンゲート社のワークショップに参加していたエルフのみなさん。雪玉をうまく転がしてくれたキルステン・グラントとマシュー・レイルトン。私の作家人生に妖精の粉をふりかけてくれたクレア・コンヴィル。豊富な映像知識でわくわくさせてくれたカミーラ・ヤングとニック・マーストン。著作権エージェント、コンヴィル・アンド・ウォルシュとカーティス・ブラウンのみなさん。喜びと親切をあたえてくれたブループリント・ピクチャーズとスタジオ・カナルの全スタッフ。クリスマスのみならず、日々、本が起こす奇跡を広めることに努めてくれている、すばらしき各書店と書店員のみなさん。この本にありとあらゆるかたちで協力してくれた、そして、私の生きる世界を魔法のように魅惑的なものに変えてくれたわがソウルメイト、アンドレア・センプル。以上の方々にお礼を述べたい。

A Boy Called Christmas
by Matt Haig
with illustrations by Chris Mould

目次

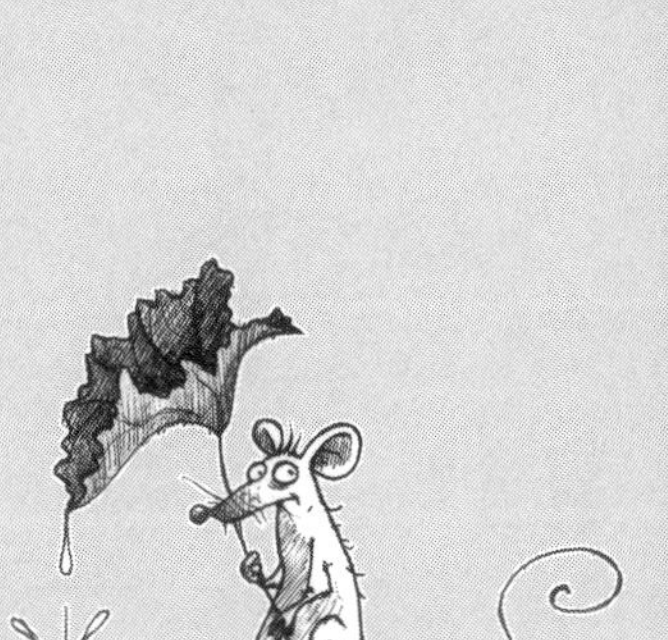

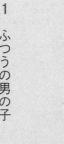

1　ふつうの男の子

きみがいまから読むのは、サンタクロースのほんとうの物語だ。

そう、サンタクロースさ。

なんでぼくがサンタクロースのほんとの物語を知っているのか、ふしぎに思うかもしれないが、そんなことはきくもんじゃない。これから話をはじめようってときには、とくにね。

そもそも、それは失礼ってもんだ。きみが理解《りかい》すべきはただひとつ、ぼくがサンタクロースの秘密《ひみつ》を知っているということだけだ。でなきゃ、なんでこの本を書いてると思う?

きみはその人のことをサンタクロースとはいわないかもしれないね。

べつの名前で呼《よ》んでるかもしれない。

単にサンタとかサンタさんといってるかもしれないし、セント・ニコラウスとかシンタクラース、あるいはクリス・クリングル、ペルツニッケル、パパ・ノエル、はたまた、「トナカイと話ができて、ぼくにプレゼントをくれるでぶっちょのおかしなおっさん」と呼《よ》んでいるかもしれない。それとも、自分で考えたおもしろい名前で呼《よ》んでるかな？　でも、きみがエルフなら、かならずこう呼《よ》ぶだろう。ファーザー・クリスマス。

サンタクロースと最初に呼《よ》びはじめたのは、ピクシーだ。やつらはとにかくいたずら好きで、物事をややこしくするために、自分たちがつけた呼《よ》び名を世の中に広めたんだ。

だが、呼《よ》びかたはともかく、きみはその人のことを知っている。大事なのはそこだ。けど、そのむかし、世の中のだれひとり、あの人のことを知らない時代があったなんて、信じられるかい？　うんとむかし、あの人がニコラスという名の、ごくふつうの男の子だったころだよ。どこでもないどこか、というか、フィンランドのどこかに住んでいて、魔法《まほう》を信じてはいるけど、魔法《まほう》とは縁《えん》のない暮《く》らしをしていたころの話さ。その子は世の中のことなんか、なんにも知らなかった。知っていたのは、キノコのスープの味と北風の冷たさ、だれかにきかせてもらった物語くらいのもの。遊び道具も、カブでつくった人形ひとつしか持っていなかった。

だが、ニコラスの人生は、自分でも思ってもみなかったかたちで、どんどん変わっていこうとしていた。これから、いくつものできごとが、ニコラスの身にふりかかることになる。

なかには、いいこともあった。

悪いことも。

ぜったいにありえないことも。

だが、もしきみが、「世の中には不可能《ふかのう》なこともある」といいはる人たちの仲間なら、いますぐこの本をとじたほうがいい。この話はきみにはまったく向かないからね。

なんたって、この本には不可能なことやありえないことがいっぱいつまってるんだ。
それでも、この本を読むかい？
よし（エルフたちも喜ぶだろう）。
だったら、はじめよう……。

2
木こりの息子《むすこ》

さて、ニコラスは幸せな子どもだった。

いや、ほんというと、そうでもない。

きけば「幸せだよ」とこたえるだろうが、じっさいには幸せだと思うようにしてただけだ。ときには、幸せな気持ちでいるのが、どうにもむずかしいこともあるけどね。まあ、なんというか、ニコラスは幸せってものを、エルフやトロルやピクシーを信じるのと同じように、信じてたんだ。もっとも、エルフやトロルやピクシーを一度も見たことがないのと同じで、まっとうな幸せなんて、ほんとには知らなかった。少なくとも、もう長いこと、そんなものは味わっていない。ニコラスにとっちゃ、かんたんなことじゃなかったんだ。クリスマスだってそうさ。

これが、ニコラスがもらったクリスマス・プレゼントのリスト。生まれてからいままでのぶん、ぜんぶだよ。

1　木でつくったそり

2　カブに目と鼻と口をほっただけの人形

以上。

正直いって、ニコラスの生活はつらいものだった。そのなかで、物事をできるだけよいほうに考えようとがんばってたんだ。

ニコラスには、いっしょに遊べるきょうだいはいなかった。いちばん近い町はクリスティーナンカウプンキだが、それさえうんとはなれたところにある。名前も長いが、そこまでの道のりはもっと長い。どっちみち、クリスティーナンカウプンキまでいったって、たいしてすることはなかった。せいぜい教会にいくか、おもちゃ屋さんのショーウインドーをのぞくくらいのことだ。

「父ちゃん、見て！　木のトナカイだよ！」ニコラスは息をのんで、おもちゃ屋さんのガラスに鼻をおしつける。

それか、

「見て！　エルフの人形だよ！」

あるいは、

「見て！　王さまの抱《だ》き人形だよ！」

一度、こういってみたことがある。

「ひとつほしいな」

ニコラスは父ちゃんの顔を見あげた。父ちゃんは細長い顔にもじゃもじゃまゆげで、はだは雨にぬれたぼろぐつのようにざらついている。

「あれがいくらするか、知ってるか？」父ちゃんがいった。

「ううん」

すると、父ちゃんはニコラスの顔の前に左手をひらいてみせた。その手には、指が四本と半分しかない。うっかりおので切りおとしちゃったんだ。おそろしい事故《じこ》だった。血がいっぱい出てね。でも、これ以上話すのはやめておこう。なんたって、これはクリスマスのお話なんだから。

「四ルーブルと半分?」

父ちゃんはむっとした。「いや、ちがう。五だ、五ルーブルだ。エルフの人形に五ルーブルは高すぎる。それだけありゃあ、家が買えるよ」

「家って、百ルーブルするんじゃなかったの?」

「ニコラス、わかったような口をきくな」

「ものわかりのいい子になれっていったのは、父ちゃんだよ」

「いまはべつだ。だいたい、なんでエルフの人形なんかいるんだ。おまえには、母ちゃんのつくってくれたカブ人形があるだろ。あのカブをエルフだと思えばいいじゃないか」

「そうだね、父ちゃん。そのとおりだ」ニコラスはいった。父ちゃんのきげんをそこねたくなかったからね。

「元気出せ。おれはがんばって働いて、いつか大金持ちになる。そしたら、おもちゃなんかほしいのを好きなだけ買ってやるから。ほんものの馬だっていいぞ。四輪馬車のでっかいのも買おう。そいつに乗って、王さまと王子さまみたいに町にくりだすんだ」

「でも父ちゃん、働きすぎはだめだよ。たまには遊ばないと。ぼくはカブ人形があれば、それでいいから」

だが、父ちゃんはとにかくがんばって働かなきゃならなかった。くる日もくる日も、朝から晩《ばん》まで木を切っていた。夜明けの光とともに仕事をはじめて、暗くなるまで働いた。

「問題は、おれたちがフィンランドに住んでるってことだな」父ちゃんはいった（この物語は、この日からはじまる）。

「フィンランドに住んでない人なんているの？」ニコラスはおどろいた。

いまは朝で、ふたりは森に向かっていた。石づくりの古井戸《ふるいど》のそばを通りすぎたが、ふたりともずっと、その井戸《いど》をまともに見ることができないでいる。地面にはまだ雪がうす

くつもっていた。父ちゃんの背中《せなか》には一本のおの。そのおのの刃《は》が、冷たい朝の太陽にきらめいている。

「いるとも」父ちゃんがこたえた。「スウェーデンに住んでる人もいる。ノルウェーにも七人くらいはいるぞ。いや、八人かな。世界は広いんだ」

「だけど父ちゃん、なんでフィンランドに住んでることが問題なの？」

「木だよ」

「木？　父ちゃんは木が好きなんだと思ってた。好きだから、木こりをやってんだと思ってたよ」

「そりゃそうなんだが、木はそこらじゅうにあるだろ。だから、高い金《かね》を出して買ってくれる人なんか――」父ちゃんはいいかけてやめ、あたりを見まわした。

「どうしたの、父ちゃん？」

「物音がしたと思ったんだが」しかし、カバノキとマツと、ハーブやヘザーのしげみ以外には、なにも見えない。赤い胸《むね》をした小鳥が一羽、木の枝《えだ》にとまっているだけだ。

「気のせいかな」父ちゃんは、まだちょっと気にしているようだ。

父ちゃんはマツの大木のごつごつした幹《みき》に手を置き、その木を見あげて、「こいつだ」というと、おのをふるいはじめた。ニコラスはキノコや野イチゴをさがしはじめる。

するとすると、まだバケツにキノコひとつしか入れないうちに、遠くに動物のすがたがちらっと見えた。ニコラスは生きものが好きだが、よく目にするのは鳥やネズミやウサギのたぐいで、あとはたまにヘラジカを見るくらいだ。

だが、今日のはもっと大きくて、強そうなやつだった。

クマだ。ニコラスの三倍もあるような茶色のクマが、後足で立ち、でっかい前足で野イチゴを口に運んでいる。興奮《こうふん》のあまり、ニコラスの胸《むね》はすごい勢《いきお》いで打ちはじめた。もっと近くで見たい。

ニコラスは足音をしのばせて近づいていった。クマはもう目と鼻の先にいる。

あいつだ！

それがあのクマだと気づいて、ニコラスはすくみあがった。その瞬間《しゅんかん》、小枝《こえだ》をふんで、ポキッと音が鳴った。クマがこちらを向き、まっすぐニコラスを見た。

そのとき、だれかがニコラスの腕《うで》をぐっとつかんだ。ふりむくと、父ちゃんがこわい顔で見おろしていた。

「なにやってんだ」父ちゃんが小声でしかりつけた。「死にたいのか？」

父ちゃんは、痛《いた》いほど強くつかんでいた腕《うで》をはなして、ささやいた。

「森になれ」

なにか危険《きけん》なものが近くにいるとき、父ちゃんがいつもいう言葉だ。ニコラスにはさっぱり意味がわからないのだが、ともかく、じっと動かずにいた。しかし、もうおそい。


六歳《さい》のときの記憶《きおく》がよみがえった。母ちゃんと出かけた、あの日のことだ。陽気で、歌が好きで、バラ色のほおをした母ちゃん。ふたりは井戸《いど》に水をくみにいく途中《とちゅう》で、このクマと出会った。母ちゃんはニコラスに家まで走って帰るようにいい、ニコラスは走った。でも、母ちゃんは走らなかったんだ。


父ちゃんがおのをにぎりなおした。その手は、ぶるぶるふるえている。父ちゃんはニコラスをひっぱって自分のうしろにやり、クマがおそってきた場合にそなえた。

「走れ」父ちゃんがいった。

「いやだ。父ちゃんといっしょにいる」

クマが追ってくるかどうかは、わからなかった。たぶん、追いかけてはこないだろう。こ

のクマはきっともう年で、つかれてるんだ。しかしそのとき、クマがふたりに向かってほえた。

同時にヒュッと音がして、なにかが耳をかすめた。鳥の羽根がさっとすりぬけていったような感覚。つぎの瞬間《しゅんかん》、灰色の羽根の矢がクマの頭をわずかにはずして、そばの木に突《つ》きささった。クマは前足を地面におろすと、ゆっくり遠ざかっていった。

ニコラスと父ちゃんはふりかえり、矢を放ったのがだれか、たしかめようとした。だが、目に入るのは、マツの木ばかりだ。

「狩人《かりゅうど》だな」父ちゃんがいった。

一週間ほど前、ふたりはそれと同じ灰色《はいいろ》の羽根の矢がささったヘラジカを見ていた。ニコラスは、かわいそうなヘラジカをたすけてやって、と父ちゃんにたのんだ。父ちゃんは雪をあつめて傷口《きずぐち》のまわりにおしつけ、矢をひきぬいてやったのだ。

ふたりはもうしばらく、木立の奥《おく》を見つめていた。小枝《こえだ》が折れる音がしたが、やはりなにも見えない。

「よし、クリスマス。いこう」父ちゃんがいった。

その名前で呼《よ》ばれるのは、ひさしぶりだ。

むかしは父ちゃんもよくじょうだんをいったし、ふざけることが多かった。そのころの父ちゃんは、みんなをあだ名で呼《よ》んでいた。母ちゃんのことは「スイートブレッド」。「あまいパン《スイート・ブレッド》」なら一家の主婦《しゅふ》にはぴったりの呼《よ》び名にも思えるが、「スイートブレッド」は「子牛のすい臓《ぞう》」のことだ。母ちゃんにはリリヤっていうすてきな名前があったのに、そんなへんてこなあだ名をつけるなんてね。ニコラスのあだ名は「クリスマス」。クリスマスの日に生まれたからだ。ニコラスのためにつくった木のそりの背《せ》もたれにも、父ちゃんは「クリスマス」の文字をほった。

「見ろよ、スイートブレッド、おれたちの

かわいいクリスマスをさ」

いまは、父ちゃんがそんなふうに呼《よ》んでくれることも、めったにない。

「もうクマを見にいったりするなよ。わかったか？　でないと、やられちまうぞ。おれのそばからはなれるんじゃない。おまえはまだ子どもなんだからな」

それから一時間ほど木を切ったあと、父ちゃんは切りかぶに腰《こし》をおろした。

「父ちゃんの仕事、手伝ってあげようか？」

ニコラスがいうと、父ちゃんは左手を上げてみせた。「十一歳《さい》の子どもがおのをつかうと、こういうことになる」

しかたなく、ニコラスはただ地面を見つめて、キノコをさがしつづけた。十一歳《さい》の子どもには、おもしろいことなんてなんにもないんだろうか、と考えながら。

3 ぼろ家《や》とネズミ

ニコラスと父ちゃんが住んでいたのは、フィンランドで二番めに小さな家だった。部屋はたったひとつ。つまり、ねるところも台所もリビングもおふろも、ぜんぶいっしょってわけだ。といっても、部屋の中に浴そうが置いてあるわけじゃない。だいいち、トイレだってないんだ。外の地面にトイレ用の大きくて深い穴《あな》がほってあるだけ。家の中にはベッドがふたつあって、わらと羽毛をつめたマットレスがしいてある。そりはいつも家の外に置いてあったが、カブ人形のほうはベッドのそばに置き、それをながめては母ちゃんを思いだしていた。

こんな暮《く》らしでも、ニコラスは平気だった。家が小さくたって、問題ない。ゆたかな想像《そうぞう》力《りょく》があればいいんだ。ニコラスは、起きているときも夢《ゆめ》の中にいるように、ピクシーだのエルフだのといった魔法《まほう》の世界のことを考えていた。

　一日のうちで最高なのは、夜、ねる前のひとときだった。それは、父ちゃんがお話をきかせてくれるからだ。ニコラスが「ミーカ」と名づけた茶色いネズミも、あたたかさにさそわれてこのぼろ家にしのびこみ、父ちゃんの話をきいていた。
　ニコラスは、ミーカもいっしょに話をきいているつもりになっていたが、ほんというと、ミーカはチーズのことしか考えていなかった。考えるといったって、かなりの想像力《そうぞうりょく》が必要だ。なにしろミーカは森のネズミだし、この森には牛もヤギもいないわけだし、チーズなんて食べたことはおろか、見たことも、においをかいだこともなかったんだから。
　だけどミーカは、ほかのどのネズミにも負けないくらいチーズの存在《そんざい》を信じていたし、もしもひとかじりできるチャンスにめぐまれたなら、きっとものすごーくおいしいはずだとわかっていた。

ともかく、ニコラスはベッドに横になり、うすいふとんに心地《ここち》よくくるまって、父ちゃんの話してくれる物語に熱心に耳をかたむけた。父ちゃんはいつもつかれた顔をしている。両目の下にはくまができていた。しかも年々新しいくまが重なって、広がっていくように見える。まるで木の年輪《ねんりん》みたいだ。

「さあて、今夜はなんの話をしようかな？」その夜、父ちゃんはニコラスにたずねた。

「エルフの話をしてよ」

「またか？　やつらの話なら三歳《さい》のときから毎晩《まいばん》のようにしてやってるじゃないか」

「お願いだよ、父ちゃん。ぼく、その話が好きなんだ」

そこで、父ちゃんはエルフの話をしてやった。

エルフは北のはてに住んでいる。フィンランドには山らしい山はひとつきりしかなくて、エルフが住んでいるのはそのむこうなんだが、それは秘密《ひみつ》の山で、そんな山がほんとにあるのかどうか、うたがってる人もいる。エルフたちが暮《く》らすのは魔法《まほう》の国だ。雪におおわれた村で、エルフヘルムと呼《よ》ばれ、まわりを木のおいしげる丘《おか》にかこまれている。

「ねえ父ちゃん、エルフってほんとにいるの？」

父ちゃんは正直にこたえた。「いるとも。おれは見たことないが、いると信じてる。信じるってのは、場合によっちゃ、知ってるのと同じことさ」

ニコラスもそのとおりだと思った。でも、ネズミのミーカは賛成《さんせい》しなかった。いや、もしミーカにいまの話が理解《りかい》できたとしたら、きっと賛成《さんせい》しないだろうってことさ。ミーカはたぶん、こういうはずだ。「信じるだけより、ほんもののチーズを食べるほうがいいよ」

だが、ニコラスにはそれでじゅうぶんだった。「そうだね、父ちゃん。信じるってのは知ってるのと同じことだ。ぼく、エルフはきっと親切だって信じてるよ。そうだろ？」

「そうさ。そんで、やつらは目がさめるほどカラフルな服を着てるんだ」

「父ちゃんの服もカラフルだよ！」

たしかにそうだった。ただし、父ちゃんの服は町の仕立て屋からただでもらってきたハギ

レでできている。それを自分でぬいあわせ、色とりどりのパッチワークのズボンを何本かと緑色のシャツ、それと、これがいちばんのお気に入りなんだが、くたくたの大きな赤いとんがりぼうしをつくった。ふんわりした白いふちどりがあって、先っぽには白いポンポンがついている。

「ああ、そうだな。だが、おれの服はどんどんくたびれて、ぼろになってる。その点、エルフの服はいつだって新品同然で――」

父ちゃんはそこで口をつぐんだ。

外で物音がしたのだ。

つづいて、家の戸を大きく三回、だれかがノックした。

4
狩人《かりゅうど》

「変だな」父ちゃんはいった。

「カルロッタおばさんかもしれないよ」ニコラスは、どうかどうかカルロッタおばさんじゃありませんように、と祈《いの》った。

父ちゃんは戸口まで歩いていった。といってもたいした距離《きょり》じゃない。父ちゃんの足でたった一歩だ。ドアをひらくと、男がひとり立っていた。

背《せ》が高く、たくましい。広い肩《かた》はば、がっしりしたあご。髪《かみ》は黄金《こがね》色のわらのようだ。明るく青い目をして、干《ほ》し草のにおいがする。力は、馬二十頭ぶんくらいありそうだ。それか、クマの半分くらい。その気になればこんなぼろ家なら地面から持ちあげてしまいそうな力持ちに見える。だが、今日は家を持ちあげたい気分ではなさそうだ。

父ちゃんとニコラスは、男が背中《せなか》に矢をかついでいること、そしてその矢に灰色《はいいろ》の羽根がついていることに気がついた。

「あんただったのか、あの狩人《かりゅうど》は」父ちゃんが声をあげた。

ニコラスにも、父ちゃんが感心しているのがわかる。

「そうだ」男は、声まで筋肉質《きんにくしつ》だ。「おれはアンデシュ。昼間はあぶないとこだったな。あのクマのことだよ」

「ああ、礼をいうよ。さあさあ、入ってくれ。おれはヨエル。こいつはおれの自慢《じまん》の息子《むすこ》、ニコラスだ」

アンデシュは、ネズミが部屋のすみにすわってキノコを食べているのに気がついた。

ミーカはアンデシュのでっかいくつを見ながら「おまえは好きじゃない」といった。「おまえの足には、はっきりいって、ぞっとするよ」

「一杯《いっぱい》どうだ?」父ちゃんはアンデシュのきげんでもとるようにいった。「ラッカでつくった酒があるんだ」

「もらうとしよう」アンデシュはそのときはじめてニコラスに目をやり、感じのいい笑顔《えがお》を向けた。「酒とはうれしいね。しかしヨエル、おまえさん、家の中でもぼうしをかぶってんだな」

「ああ。そのほうがあったかいからな」

ラッカ酒? ニコラスがきょとんとしているまに、父ちゃんは流しの戸棚《とだな》の上にかくしてあったビンをひっぱりだした。ラッカという黄色い木イチゴからつくったお酒だが、父ちゃんがそんなものを持ってるなんて、ニコラスはぜんぜん知らなかった。

父親ってのは、なぞだ。

「じつは、おまえさんに手を貸《か》してもらいたいことがあって、きたんだ」アンデシュはいった。

「どんなことだ？」ふたつのコップにお酒をつぎながら、父ちゃんはたずねた。

アンデシュはラッカ酒をひと口すすった。ごくりと大きく、もうひと口。そして、一気に飲みほした。大きな右手で口のまわりをぬぐう。「やってほしいことがある。国王陛下《へいか》のためにな」

「フレドリク王の？」父ちゃんはおどろいた。そして、笑いだした。狩人《かりゅうど》の悪いじょうだんに決まってる。「ハハハ！　あやうくおまえさんの話を信用するところだったぜ。どこの世界に、おれのようないやしい木こりにたのみごとをする王さまがいる？」

いっしょに笑いだすだろうと思ったが、しばらく待ってもアンデシュはだまりこくったままだ。

「まる一日、おまえさんのようすを見させてもらったよ。おのの腕《うで》はなかなかのものだし……」アンデシュは、いいかけてやめた。その視線《しせん》の先にはニコラスがいて、いつのまにかベッドにすわり、目をまんまるにして、これまできいたなかでいちばんわくわくする話に耳をかたむけている。「なあヨエル、ふたりきりで話そうじゃないか」

父ちゃんは勢《いきお》いよくうなずき、そのひょうしにぼうしの白いポンポンが前にとびだした。

「ニコラス、ちょっとほかの部屋にいってくれないか?」

「でも父ちゃん、うちにはほかの部屋なんてないよ」

父ちゃんはため息をついた。「そうだった。おまえのいうとおりだ……よし」父ちゃんはアンデシュのほうを向いて、こうさそった。「おれたちが外に出ないか? もう夏だから、夜でもたいして寒かない。なんだったら、おれのぼうしを貸《か》してやるから」

アンデシュは大声でひとしきり笑った。「そんなもんなくても、死にやしねえよ!」


こうして、おとなたちは外へ出ていき、ニコラスはふたたびベッドに横になって、ふたりの話に聞き耳をたてた。アンデシュと父ちゃんは小声で話しているので、ふだんはきかないような言葉がとびとびに耳に入るだけだ。

「……あつめて……国王……ルーブル……トゥルク……長い……山……武器《ぶき》を……遠く……金《かね》が……金《かね》を……」「金《かね》」という言葉が何度か出てきた。だが、そのあとにきこえてきた言葉に、ニコラスは思わずはねおきた。魔法《まほう》の言葉。おそらくこの世のどんな言葉より魔力《まりょく》を持ったひとこと。「エルフ」だ。

ふと見ると、ミーカがかべぞいをちょろちょろ走っていた。ミーカは後足で立ちあがり、ニコラスを見つめた。「さあ、話そうか」とでもいいたげな顔をしている。まるで、いかにも人間と話ができるネズミのように。ネズミがそんな顔をするなんてめったにないことだ。

「チーズ」と、ミーカはネズミの言葉でいった。

「ミーカ、なんだかすごくいやな予感がするよ」

ミーカが窓《まど》を見あげた。ちっちゃな黒い目は不安でいっぱいに見えるし、鼻は神経質《しんけいしつ》にひくついてる気がする。

「チーズが食べられないなら、かわりにこの変なにおいがする古い野菜を食べてやる」

ミーカはニコラスのベッドのそばにころがっていたカブ人形のほうを向いて、ひと口かじった。

「やめてよ、これはクリスマス・プレゼントにもらったんだよ！」

「おいらはネズミだ。クリスマスなんて関係ないね」

「やめて！」ニコラスはもう一度いったが、ネズミに腹《はら》をたててもしかたない。それで、ミーカにはそのままカブ人形の耳をかじらせておいた。

アンデシュと父ちゃんは、長いこと窓《まど》の外でぼそぼそ話しながらラッカ酒を飲んでいた。

ベッドに横になったニコラスは、暗がりの中でいやな予感におびえて、胸が苦しくなってきた。

ミーカもなんだか苦しくなったが、それは生のカブを食べたせいだった。

「おやすみ、ミーカ」

「これがチーズだったらなあ」ミーカがこたえた。

ニコラスは、おそろしい予感をかかえたまま、じっと横たわっていた。なにか悪いことが起ころうとしている。

そして、そのとおりになった。

予感はあたったんだ。

5
そり（と、もうひとつの悪い知らせ）

「ニコラス、おまえに大事な話がある」朝食の途中《とちゅう》で、父ちゃんがいった。今日の朝食は、かたくなったライ麦パンで、それはニコラスが二番めに好きなメニューだった（いちばん好きなのは、かたくなっていないライ麦パンだ）。

「なんだい、父ちゃん？　アンデシュって人のたのみはなんだったの？」

父ちゃんはふうっと息をついた。まるで、つぎの言葉をいうのがよほどたいへんなことのように。「仕事をたのまれたんだ。かなりのもうけになる。その金《かね》さえありゃあ、すべて解《かい》決《けっ》さ。だが……」

ニコラスは息をつめて待った。少しして、やっと父ちゃんは口をひらいた。

「しばらく家をあけることになる」

「えっ？」

「心配すんな。そんなに長いことじゃない。ほんの二カ月さ」

「二カ月も？」

父ちゃんはちょっと考えて、いいなおした。「三カ月だな、長くても」

それは「永遠《えいえん》」といわれているようなものだった。「三カ月もかかるなんて、いったいどんな仕事なの？」

「探検《たんけん》だ。探検隊《たんけんたい》を組んで、北のはてを目指す。エルフヘルムをさがしにいくんだよ」

ニコラスは、いまきいた言葉が信じられなかった。興奮《こうふん》で、頭がくらくらしてきた。これまでずっとエルフを信じてはきたが、まさか人間がエルフの住むところへいってじっさいに会うことができるだなんて、本気で考えてみたことはなかった。エルフ。それも、ちゃんと息をしてる、生きたエルフだ。「エルフの村にいくの？」

父ちゃんはうなずいた。「王さまがいったそうだ。エルフの村が存在《そんざい》する証拠《しょうこ》を見つけてきた者には、だれでもほうびをくださるってな。一万二千ルーブルだ。七人で割《わ》ってもひとり三千ルーブルだぞ」

「そういう計算になるかなあ？」ニコラスは首をかしげた。

「もう二度と金《かね》の心配をせずにすむんだ！」

「それはすごいね！　ねえ、ぼくもいっちゃだめかな？　ぼく、一マイルはなれた雪の中にあるキノコだって見つけられるよ！　うんと、うんと、役にたつから」

父ちゃんのかさついた細長い顔が悲しげにくもった。両目の下のくまが、またすこし大きくなった。もじゃもじゃまゆげが、仲たがいした二匹《ひき》の毛虫のようにするするとはなれて、八の字にかたむく。よごれて古ぼけた赤いぼうしまで、いつもより力なく、あわれなようすになった。

「危険《きけん》すぎる」父ちゃんが息をはくと、ラッカ酒のにおいがつんと鼻をついた。「クマのことだけをいってるんじゃない……寒空《さむぞら》の下で何日もねることになる。フィンランドは広い国だ。ここから北に百マイルいったところにセイパヤルヴィという村がある。そのむこうはもう、凍《い》てついた平原と湖と雪におおわれた野が広がってるばかりだ。森だってこおってる。ラップランドにつくころには、食べ物なんか、たとえキノコだってそうかんたんには見つからなくなる。その先はもっとつらい旅になるだろう。だからなのさ、いまだにだれひとり北のはてまでたどりついた者がいないのは」

なみだがこみあげたが、ニコラスは泣かないと決めた。父ちゃんの手を見つめ、なくなった半分の指を見つめた。「じゃ、どうして父ちゃんたちは成功するってわかるの?」

「ほかに六人がいっしょにいく。みんなものすごく強いやつらだってきいた。だから、おれたちには、ほかのだれにも負けないチャンスがあるんだ」父ちゃんは、いつもするように目じりにしわをよせて笑った。「行くだけの価値《かち》はあるはずだ。約束する。この探検《たんけん》でどっさりかせいでみせる。そしたらもう、水ばっかのキノコスープやかたくなったパンなんか、こんりんざい食べなくてすむようになるんだ」

ニコラスには父ちゃんもつらいのがわかったし、これ以上こまらせる気にはなれなかった。ここは勇気を出さなければ。

「父ちゃんがいないとさびしいよ……でも、わかった。いかなきゃならないんだね」

「おまえは森の子だ」父ちゃんの声がふるえている。「強い心を持ってる。だが、おぼえとけ。危険《きけん》にはぜったい近づくな。好奇心《こうきしん》のままに動くんじゃないぞ。おまえには、ちょっとばかり、どきょうがありすぎるからな……。天候が悪くなる九月までには帰ってくる。そんときは、王さまみたいに腹《はら》いっぱい食わせてやるぞ!」父ちゃんは顔をしかめて、かちかちのライ麦パンをかかげてみせた。「ソーセージ、バターをぬった焼きたてパン、それにムスティッカ・ピーラッカの食べほうだいだ！」

「チーズは？」とミーカがきいたが、だれの耳にもきこえなかった。

ムスティッカ・ピーラッカ！　考えただけで気絶《きぜつ》しそうだ。おなかがぺこぺこのニコラスには、むらさき色の甘《あま》いムスティッカの実がぎっしりならんだよだれの出そうなパイは、天国そのものに思えた。ムスティッカなら食べたことがある。そのまま食べてもおいしいが、どんなものでもパイに入れたらもっとおいしくなることは、だれでも知っている。それでもまた悲しい気持ちがもどってきて、それからふと、ある考えがうかんだ。ちょっとニコラスのすがたが見えないだけでも、すぐ青くなる父ちゃんのことだ。ニコラスをひとりきりで置いていくはずがない。

「ぼくのめんどうはだれが見るの？」

「心配するな！　おばさんに手紙を書いてやるよ。おばさんがおまえを守ってくれる」

おばさんだって！　なんてこった。それは、なお悪い。クリスマスの午後をいっしょにすごすだけでもこりごりなのに、まるまる三カ月もいっしょに暮《く》らすなんて。

「だいじょうぶだよ。ぼく、ひとりでやれるよ。だって、森の子だもん。ぼくなら――」

父ちゃんがニコラスの言葉をさえぎった。「だめだ。世の中は危険《きけん》がいっぱいなんだ。それに、おまえはまだ子どもだ。それはきのう、わかったろう。カルロッタおばさんはさびしい人なんだよ。おれよりずっと年だしな。もうほんとにばあさんだよ。四十二歳《さい》だぞ。その年まで生きられる人は、めったにいない。きっと、おばさんにとっても、だれかのめんどうを見るのはいいことだろうよ」

父ちゃんは息子《むすこ》の顔を長いこと見つめ

たあと、最後にもうひとつ悪いニュースをつたえた。「ああ、そうだ。すまんが、おまえのそりを借りてくぞ。アンデシュが、あれがあると助かるっていうんだ。おれたちの……荷物をのせるのに。それにどうせいまは夏だ！　このあたりじゃ地面の雪が少なすぎてつかえないからな」

ニコラスはうなずいた。言葉が見つからなかったんだ。

「それに、おまえにはカブ人形があるし」父ちゃんは、ニコラスのベッドのわきにへたりこんでいる、顔をほっただけの、なさけないようすのカブを指さした。

「そうだね」たしかに、ニコラスはそれを、カブでできてるにしては、すごくいい人形だと思っていた。くさっていやなにおいをただよわせているカブからできた人形で、これほどすてきなものはフィンランドじゅうさがしたってみつからないだろう。

「そのとおりだ。ぼくにはまだあれがある」

それから十日後の、はだ寒い、しかしよく晴れた朝、ニコラスは父ちゃんを見おくった。父ちゃんは赤いぼうしをかぶり、おのを背中《せなか》にかついで、木でできたそりをひきずっていった。ピンク色にそまった空の下を、背《せ》の高いマツの森をぬけ、クリスティーナンカウプンキに向かう。そこでほかの男たちとおちあうんだ。

そのときから――いや、そのすぐあとからだ。ほんとうに悪いことが、つぎつぎと起こりはじめたのは。

6 カルロッタおばさんがやってきた

その当時のおばさんってやつは、たいていいじわるでおそろしいものだったが、カルロッタおばさんはきょうれつにたちが悪かった。

背《せ》の高い、灰色《はいいろ》の服を着たやせた人で、髪《かみ》はまっ白、細長くいかめしい顔にぽちっと点を打ったように小さな口がついていた。なにもかも、声までが、霜《しも》におおわれているように寒々と感じられた。

「さて――」おばさんは重々しくいった。「まず、ルールを決めることがかんじんだよ。第一に、おまえは日の出とともに起きること」

ニコラスはぎょうてんした。これはとんでもないことだった。なにしろフィンランドの夏は、ほとんど日がしずまないんだからね！「でもおばさん、お日さまは真夜中のうちにのぼっちゃうよ！」

「第二に、あたしに口ごたえしないこと。ぜったいに。第一のルールについては、とくにだよ」

カルロッタおばさんはミーカに目をやった。ちょうどいま、テーブルの脚《あし》をのぼってきて、パンくずをさがしてテーブルの上をちょろちょろ走りまわってる。カルロッタおばさんは、「おお、いやだ」という顔をした。

「第三に、うすぎたないネズミを入れないこと！」

「こいつはかわいいやつなんだよ！」

だが、遅《おそ》かった。おばさんはミーカのしっぽをつまんで持ちあげ、じたばたするのもかまわず戸口に運んでいくと、ドアをあけて、外にほうりだした。

「こら！　なにすんだよ！」ミーカはめいっぱい声をはりあげた。だけど、ミーカのめいっぱいは、ふつうの人のひそひそ話にくらべたってはるかに小さいんだから、だれにもきこえやしない。おばさんはドアをしめ、あたりの空気をかぎ、ニコラスのベッドのそばのカブ人形に目をとめた。

おばさんはカブをひろいあげた。「それから、気色悪《きしょくわる》いくさった野菜もね！」

「それは人形だよ。ほら、見てよ。ちゃんと顔があるでしょ！」

「そうだね、気が変わったよ。これは、とっておこう。あんたのにおいから気をそらしてくれるかもしれないからね」

カルロッタおばさんは、くさったカブよりもきたならしいものでも見るような目で、ニコラスをしげしげとながめた。「子どもなんて大キライなのを忘《わす》れてたよ。とくに男の子はね。まったく男の子なんてものにゃ……へどが出る。それがよーくわかってきたよ。物知らずで九本指のあたしの弟は、あんたをあまやかしすぎなのさ」

おばさんは部屋ひとつしかない小さな家の中をぐるっと見わたした。「どうしてあたしがここにきたか、知ってるかい？　父ちゃんからなにかきいてる？」

「ぼくのめんどうを見るためって」

「ハハ！　ハハハハハ！」いきなり、ぞっとするような笑いが、洞《どう》くつからとびたつコウモリの群《む》れのように、おばさんの口からとびだしてきた。おばさんが声をあげて笑うのをきいたのは、これがはじめてだ。「あんたのめんどうを見る！　いいねえ。おもしろいじゃないの。あんた、ずいぶんとおめでたい世界に生きてんだねえ。人がなんの理由もなく、ただ親切にしてくれると考えるなんてさ！

まさか、あたしがあんたのことを心配してここにきただなんて、本気で思ってんのかい？　ちがうね。やせこけたいやしいまぬけなガキのためになんか、だれがくるもんか。あたしがここにきたのは、金《かね》のためさ」

「お金《かね》？」

「そうさ。あんたの父ちゃんが約束したんだよ。もどったら五百ルーブルくれるってね。それだけありゃ、家が五つ買える」

「なんで五つも家がいるの？」

「もっと金《かね》をもうけるためさ。それでまた、もっともうけて——」

「大事なのはお金《かね》だけなの？」

「いかにもいやしい貧乏人《びんぼうにん》のガキみたいな口をきくんじゃないよ！　ところで、あんたはどこでねるんだい？」

「そこだけど」ニコラスはそういって、まず自分のベッドを指さし、つぎに部屋の反対側をさして、「それで、そっちが父ちゃんのねてるとこだよ」といった。

カルロッタおばさんは首をふった。「そういう意味じゃない」

「どういうこと？」

「あんたといっしょの部屋にいて、下着すがたを見られるのはごめんだよ！　それに、あたしゃ、腰《こし》が悪いんだ。マットレスはふたつつかわせてもらわないと。あたしの腰《こし》がもっと悪くなればいいなんて、思わないだろ？」

「思わない。もちろん、思わないよ」

「いい子だ。つまり、あんたは外でねてくれるわけだね」

「外で？」

「そうさ。外だよ。新鮮《しんせん》な空気は心を健康にしてくれる。ちかごろの子は家の中にばかりいたがるけど、どうしてそうなんだか、あたしにゃ理解《りかい》できないね。そろそろ十九世紀がこようってのはわかっちゃいるけど、それでもさ。ほら、いきな。シッ、シッ！　もう暗くなってきた」

そういうわけで、その晩《ばん》、ニコラスは外の草の上にねた。かけぶとんがわりに母ちゃんの古いコートを持ちだし、なるべく草のやわらかいところをさがして、父ちゃんが何年も前に切りたおした二本の木の切りかぶのあいだに横になった。それでも、背中《せなか》のどこかにかならず小石があたった。風がふきぬけていく。むこうで、カルロッタおばさんが用を足そうと、ペティコートというスカートみたいな下着を持ちあげ、地面にほった穴《あな》の上にしゃがむのが見えた。落ちればいいのに。そう考えた自分がいやになった。

おばさんはあったかい家の中にもどった。ニコラスは星が一面にまたたく空の下で寒さにふるえながら、なぐさめに、くさったカブをにぎりしめている。世の中不公平だという思いがわいてくる。それを公平にもどす方法はないものだろうか。ニコラスが物思いにふけっていると、ごそごそとミーカがそばにやってきた。ミーカはニコラスの腕《うで》をよじのぼり、胸《むね》の上に落ちついた。

ニコラスはいった。「カルロッタおばさんってかわいそうだね。あんなにみじめだと、気分いいわけないよ」

「どうかな」ミーカがこたえた。

ニコラスは夜を見あげた。楽しい気持ちになれるようなことはひとつもなかったが、こんなに美しい光景が目の前に広がっているのはうれしかった。

流れ星がひとつ、空をわたって落ちていった。

「いまの見た、ミーカ？　ぼくたち、願いごとをしなきゃ」

ニコラスは、いじわるが親切に変わりますように、とお願いした。

「ねえ、ミーカは魔法《まほう》を信じる？」

「おいらが信じてるのは、チーズさ。それもかんじょうに入れていいならね」

ミーカが魔法《まほう》を信じているかどうかは、ニコラスには知りようもなかったが、希望に

胸《むね》があたたまり、ニコラスと大きな前歯の小さな友だちは、ゆっくりと、しずかに、ねむりに落ちていった。そのあいだも冷たい風が休みなくふきつけ、だれも知らない夜の秘密《ひみつ》をすべてささやいていった。

7 グルグル鳴るおなかとそのほかの悪夢《あくむ》

ニコラスは夏のあいだじゅう、家の外でねむった。

そして毎日、カルロッタおばさんにいわれたとおり、朝の最初の光がさしたときから夜のとばりがおりるまで、ひたすら食べものをさがしつづけた。

ある日、ニコラスはまたあのクマを見かけた。クマは後足で立ちあがった。ニコラスはじっとしていた。心を落ちつける。森になれ。クマはまだそこに立っている。おだやかに――だが、やっぱりおそろしい。このクマが母ちゃんを井戸《いど》に追いこんだのだ。それでも、ニコラスにはこの生きものをにくむことができなかった。

「よく見て」ニコラスはいった。「ぼくはくまでみたいにやせっぽちだ。骨《ほね》と皮ばかりで肉なんかないよ」クマもそのとおりだと思ったようで、前足をおろして去っていった。

世の中にニコラスほどついてない子がいるだろうか？　じつは、いるんだ。ほんとさ。インドに住んでいたガトゥという子で、川に用を足しにいく途中《とちゅう》で、雷《かみなり》に打たれちまった。まったくついてないよね。だがそれはともかく、このころはニコラスにとって、楽しいことなどなにもない、じつにみじめな日々だった。カルロッタおばさんは、ニコラスがやっとの思いで見つけたキノコやハーブにも、ちっとも満足してはくれなかった。気持ちがほんとにやすらぐのは、ミーカといるときをべつにすれば、父ちゃんがもどるまであと何カ月と何週と何日と数えているときだけで、ニコラスは家からいちばん近いマツの幹《みき》に線をきざんで、すぎた日にちを記録していた。

二カ月がすぎ、三カ月がすぎた。

「どこにいるの？」森の中で、ニコラスは父ちゃんに呼《よ》びかけた。だが、返ってくるのは風の音か、遠くでキツツキが木をつつく音くらいのものだった。

カルロッタおばさんは、日を追うごとにいじわるになっていった。お酢《す》がどんどんすっぱくなるようにね。おばさんは、とくに理由がなくても、ニコラスをどなりつけた。

「やめな！」ある晩《ばん》、カルロッタおばさんは、ニコラスのつくったスープをすすっている途《と》中《ちゅう》で、いきなりどなった。「でないと、あんたをクマのえさにしてやるよ」

「やめるって、なにを？」

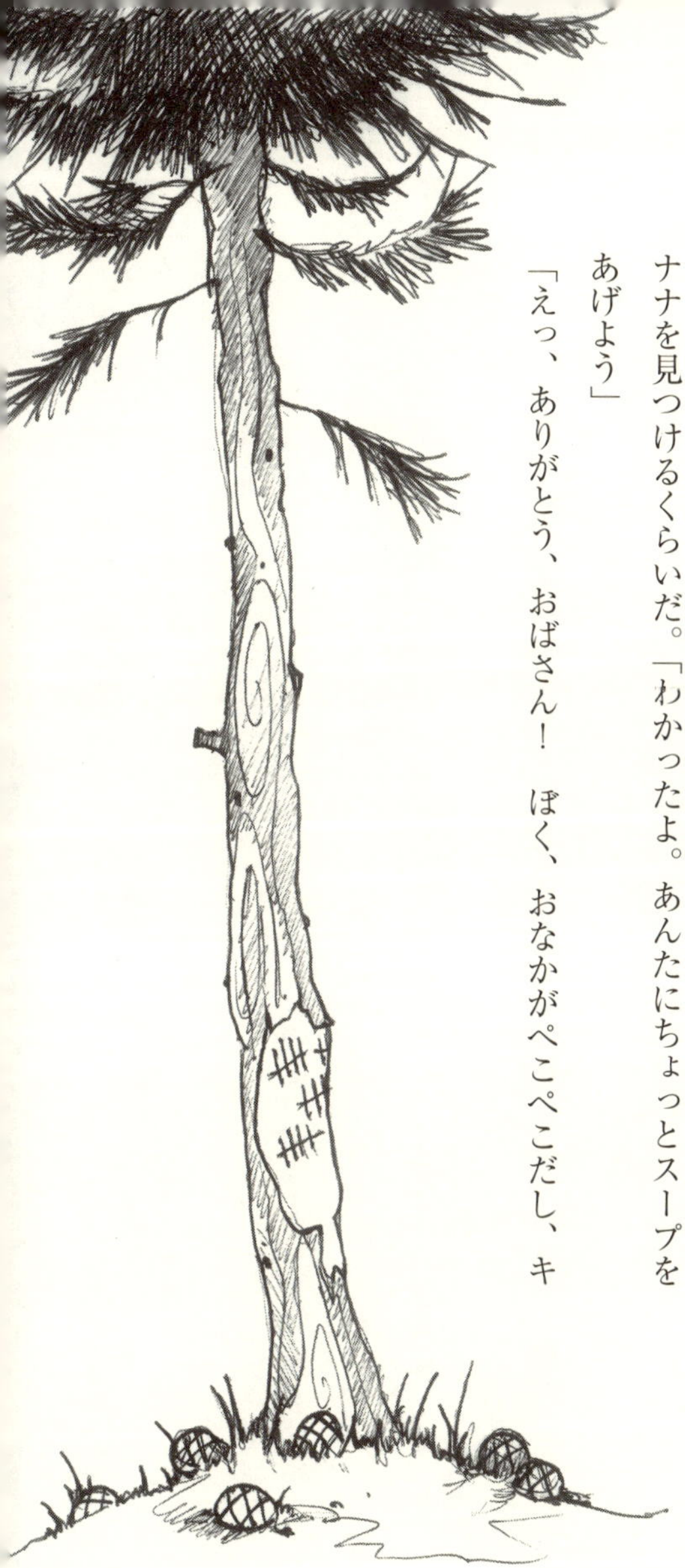

「あんたのそのいまいましい体からきこえてくる、やかましい音だよ」
ニコラスはとまどった。おなかがグルグル鳴るのをとめるには、なにか食べるしかない。だけど、たいていの日は、おばさんのスープに入れるキノコを見つけるだけでせいいっぱいだったんだ。森の中でこっそり口にほうりこむていどのキノコじゃ、足りやしなかった。
そのとき、カルロッタおばさんがふいににっこりした。おばさんが笑《え》みをうかべるなんて、ふつうじゃない。どれくらいふつうじゃないかというと、雪の中でバナナを見つけるくらいだ。「わかったよ。あんたにちょっとスープをあげよう」
「えっ、ありがとう、おばさん！　ぼく、おなかがぺこぺこだし、キノコスープは大好きなんだ」

おばさんは、いいんだよというように首をふった。「あんたにゃ、いつもスープをつくってもらってるからね。おかえしをしなきゃと考えたのさ。それで、あんたが森にいってるあいだに、あんた用のスープを特別につくっといたんだよ」

窓《まど》からのぞいていたミーカは「食べちゃだめだ！」とキーキーさけんだが、その声はとどかなかった。

ニコラスは、灰色《はいいろ》と茶色をまぜたようなにごった液体《えきたい》を不安げに見つめた。「なにが入ってるの？」

「愛情《あいじょう》さ」おばさんはこたえた。

じょうだんにちがいなかった。おばさんはつららの先ほどの愛情《あいじょう》だって持っちゃいない。いや、そのいいかたは、つららに失礼だ。つららはとける。でもおばさんは、ぜったいとけることがないくらい、冷えきってかちかちにこおりついてるんだからね。

「ほら、えんりょしないで、お食べ」

それは、これまでニコラスが味わったなかで、いちばんはき気をもよおすしろものだった。どろ水にゴミをまぜたものを食べているみたいだ。でも、おばさんが見ているので、そのまま食べつづけた。

カルロッタおばさんの冷たい灰色《はいいろ》の目で見つめられると、自分が百分の一の大きさにちぢんだ気がする。そのとき、おばさんがもう百回はきいた気がする言葉をはいた。「あんたの父ちゃんはまぬけだよ」

ニコラスはいいかえさなかった。気持ちの悪いスープをひたすらすすりつづけ、どんどん気分が悪くなっていった。

おばさんは話をやめる気がないらしい。「エルフなんかいないことくらい、だれだって知ってるさ」おばさんはつばをとばしながらいった。「そんなものを信じるなんて、あんたの父ちゃんは能《のう》なしで物知らずの子どもだね。まだ生きてるとしたらびっくりだよ。北のはてまでいって、もどってきて話をきかせてくれたやつなんか、ひとりもいないんだ。あたしもとんだまぬけさ。こんなとこにきて、手に入るはずもない五百ルーブルを待ってるなんてね」

「いつでも自分のうちに帰ってくれてかまわないよ」

「なにをいうんだい。いまはむりさ。もう十月だからね。気候が変わっちまった。この天気じゃ、十マイルも歩けやしない。こうなったら、ここで冬を越《こ》させてもらうよ。クリスマスもここですごす。クリスマスなんて、あたしにゃどうだっていいことだけどね。一年じゅうでいちばんいやな季節だ」

もうがまんならなかった。

「クリスマスはすてきだよ。ぼくはクリスマスが大好きだし、誕生日《たんじょうび》とクリスマスがいっしょでも、ぜんぜん気にしない」。ニコラスは「クリスマスをだいなしにしてるのは、おばさんじゃないか」といってやろうかと思ったが、やめておいた。

カルロッタおばさんは、いまのニコラスの言葉がほんとに理解《りかい》できないようだった。「どうしてあんたみたいな、いやしくてきたないこぞうが、クリスマスを好きになれるんだい？あんたがトゥルクやヘルシンキのような大きな町に住む金持ちの商人の息子《むすこ》なら、話はわかる。けど、あたしの弟はいつも貧乏《びんぼう》で、あんたにプレゼントひとつ買ってやれやしないじゃないか！」

ニコラスは怒《いか》りで顔が赤くなり、はだがぴりぴりするのを感じた。「クリスマスはいつだってまるで魔法《まほう》だよ。それにぼくは、愛情《あいじょう》こめてつくってくれたおもちゃのほうが、高いお金で買ってもらったおもちゃよりいいんだ」

「けど、あんたの父ちゃんがつくったものといえば、あのそりひとつじゃないか。いつだってあくせく働いてばっかりなんだから」

ニコラスは古いカブ人形のことを思いだし、どこにあるんだろう、と考えた。ドアのわきに置いておいたはずなのに、なくなっている。

「あんたの父ちゃんはうそつきだよ」

「ちがう」スープをぜんぶ飲みきったいま、ニコラスはものすごく具合が悪くなっていた。

「あいつはあんたに帰ってくると約束した。エルフなんてものがほんとにいると、あんたにいった。これだけでもふたつ、うそついてるじゃないか……とにかく、あたしゃ、もうつかれたよ。そろそろねないと。さあ、スープも飲みおわったことだし、あたしの目の前から消えておくれでないかい？　そうしてくれりゃ、あたしゃ、フィンランドの女王さまみたいに幸せなんだがねえ。いま、この家の主人はあたしなんだ。なんたって、あんたの保護者《ほごしゃ》なんだからね。つまり、あたしのいうことはぜったいなのさ。だから、いうとおりにしてもらうよ。さあ、外へいきな。さあ！」

ニコラスは立ちあがった。おなかがきりきり痛《いた》い。ニコラスは部屋の中を見まわした。

「ぼくのカブ人形はどこ？」

おばさんがほほえんだ。すました笑いだったが、それがすぐに大笑いに変わった。そしてこういった。

「いま、あんたが食べたとこさ」

「え？」

一秒たった。いや、二秒。もしかしたら、三秒。三秒半。いや、ちがう。正確《せいかく》には、きっかり三秒だ。ニコラスは、おばさんがいった言葉の意味を理解《りかい》した。ひとつしかないニコラスのおもちゃが、いまは自分のおなかの中にある。ニコラスは外にとびだし、トイレの穴《あな》にはいた。

「なんでこんなことするの？」ニコラスは信じられない思いで、外からさけんだ。「母ちゃんがつくってくれた人形なんだよ！」

「でも、あんたの母ちゃんはもういない。そうだろ？」おばさんは、ニコラスが苦しんでいるところをよく見ようと小さな窓《まど》をあけ、顔を出してこたえた。

「神さまに感謝《かんしゃ》するよ。あの女のおかげでいつも頭痛《ずつう》

がしてたんだ。一日じゅうへたくそな歌をきかされてさ。あたしゃ、思ったんだよ。あんたもそろそろくだらないおもちゃのことなんか忘《わす》れて、少しはおとなになる必要があるってね」

はきおわって、ニコラスは家の中にもどった。母ちゃんのことを考える。クマからにげようとして、水おけをつるしたくさりにしがみついた母ちゃん。どうしておばさんは、母ちゃんのことをあんなにひどくいうんだろう？　こうなったら、道はひとつしかない。にげるんだ。もう、ここでおばさんといっしょには暮《く》らせない。父ちゃんがうそつきでないことも証明《しょうめい》したいが、それにはやっぱりこれしか方法はなかった。

「さよなら、おばさん」ニコラスは自分にしかきこえない声でそっといったが、決意はかたかった。旅に出る。父ちゃんをさがしにいく。エルフに会いにいくんだ。

そしたら、なにもかもうまくいく気がした。

8 たいしたことは起こらないのに長いタイトルがついたとても短い章

カルロッタおばさんはなにかもごもごいっていたが、ニコラスのほうを見ることもなく、マットレスを二枚《まい》しいたベッドにもぐりこんだ。

ニコラスは、テーブルの上にころがっていたかちかちのパンをいくつかポケットにつっこむと、家を出て、夜の冷たさの中に足をふみだした。ニコラスはつかれていた。まだおなかは痛《いた》いし、口の中にはくさったカブの味が残っている。だが、それだけじゃない。ニコラスはかたく決意していた。そうさ。北のはてに向けて、歩きだそうとしていたんだ。

ミーカがかわいた葉っぱをかじっている。

考えてみれば、このネズミはニコラスにとって、友だちにいちばん近い存在《そんざい》だ。

「北のはてにいこうと思うんだ。すごく遠くて、危険《きけん》な旅になる。死ぬ可能性《かのうせい》だって高い。だからミーカ、おまえはここに残るべきだと思う。ここのほうがあったかいし。でも、もしぼくについてきたいんだったら、そう合図して」

ミーカは不安そうに家の入り口のほうを見た。

「べつにこの家にいる必要はないんだよ」ニコラスは教えてやった。「この森じゅう、どこへいったっていいんだ」

ミーカは森のほうに目をやった。「でも、森にチーズはないよ」

ニコラスはやっぱりネズミ語がわからなかったが、ミーカのいいたいことはだいたいわかった。「つまり、いっしょにきたいんだね？」

ミーカは後足で立った。確信《かくしん》は持てないが、ネズミが小さな頭でこくりとうなずいた気がした。そこでニコラスはミーカをひろいあげ、コートの左胸《むね》のポケットに入れた。

ミーカがポケットから頭を出して道のほうへ顔を向けると、ニコラスは向きを変え、北を目指して森に入っていった。父ちゃんとエルフがいるはずの場所に向かって。ニコラスは、どちらもぜったいみつけられると、自分自身に強くいいきかせた。

9　歯のないおばあさん

ニコラスはひと晩《ばん》じゅう歩き、つぎの日も歩きつづけた。茶色いクマには注意した。地面に足あとが残っているのはみつけたが、クマそのものは見かけなかった。ニコラスはマツの森のはしまでいき、ブリッツェン湖の土手にそった道を歩いていった。湖はすごく大きかったし、水は澄《す》んで波もなかったので、まるで空をうつした鏡のようだった。

ニコラスは、それからまたいく日もいく晩《ばん》も旅をつづけた。そのあいだにヘラジカと、二度ほどべつのクマを見かけた。二頭とも黒いやつだ。そのうちの一度は木にのぼって枝《えだ》のかげにかくれ、クマがあきらめて雪の中をのっしのっしと去っていくまで待っていなければならなかった。ねるときはいつも、木の根もとにまるまってねむった。ミーカはポケットの中か、ニコラスのそばの地面でねた。キノコと木イチゴを食べ、冷たい水をみつけて飲むだけの毎日だった。

クリスマスはまだずっと先だったが、クリスマスの歌を歌ったり、おしっこで雪に穴《あな》をあけたりして、なるべく明るい気持ちでいるようにした。金持ちになって、クリスマスの朝、目をさますとおもちゃ屋さんのおもちゃがぜんぶ自分のものになっていたらと想像《そうぞう》してみた。もっとずっとすてきなことも思いうかべた。父ちゃんに馬と荷馬車をプレゼントするんだ。そうやって歩きつづけているうちに、だんだん寒くなってきた。ときどき足も痛《いた》む。おなかがすいてたまらないこともあったが、ニコラスはかまわず進みつづけた。

そしてようやく、父ちゃんが話していたセイパヤルヴィという村にさしかかった。ひとつきりの通りにそって、木づくりの小さな赤い家がぎっしりとならんでいる。ニコラスはその道を進んだ。

むこうから歯のないおばあさんが、体をふたつ折りにし、つえをついてやってきた。ニコラスのとぼしい経験《けいけん》からすると、どこの村にもかならずひとり、あたりをうろついては、知らない人に向かってなにかおそろしいことをいう、歯のないおばあさんがいる。セイパヤルヴィも例外ではないと知って、うれしかった。

「どこへいくんだい？　ネズミをポケットに入れたりして、ふしぎな子だね」

「北のほうへ」とだけ、ニコラスはこたえた。

「チーズをさがしにね」旅の目的がまだよくわかっていないミーカは、そうつけくわえた。

そのおばあさんはすごく変わっていたが、ネズミの言葉が理解《りかい》できるほど変わった人ではなかったから、ニコラスを見たまま、ただ首をふってこういった。

「北はだめだよ」おばあさんの顔は紙のように白い（もちろん、「白い紙のように白い」という意味だ）。「東にいきなさい。それか南、でなきゃ西ね……。北へいくのはおろか者《もの》だけだ。ラップランドにゃ、だれも住んでないよ。あそこにゃ、なんにもないんだ」

「だったら、ぼくはおろか者《もの》だ」

「おろか者《フール》も悪かないよ」くつに小さなすずをつけた通りすがりの道化者《フール》がいった。

「じつは、父ちゃんをさがしてます。父ちゃんは木こりで、ヨエルっていうんです。赤いぼうしをかぶってます。とってもつかれた目をしてて、指は九本と半分しかなくて。六人の仲間と北のはてを目指していったんです」

おばあさんはつくづくとニコラスを見た。顔のしわはまるで地図のようだ。おばあさんはくしゃくしゃにまるめたものをポケットからとりだして、ニコラスにわたした。

それは地図だった。

「男が何人か通ったよ。そうだね、たしか……七人だ。あれは夏のはじめだった。地図を何枚《まい》か持っててね。そのうちの一枚《まい》を落としてったんだ」

ニコラスの胸《むね》が一気に高鳴った。「その人たちはもどってきた？」

おばあさんは首を横にふった。「ぼうや、北へいった者はけっしてもどっちゃこないんだよ」

「そうですか。ありがとう。ありがとうございます」ニコラスは心の中の不安に気づかれないよう、笑顔《えがお》をつくった。そして、なにかお礼をしなきゃと考えたが、たいしたものはないので、野イチゴをあげることにした。「どうぞ、これを受けとってください」

おばあさんはにっこり笑った。すると、くさって茶色くなった歯ぐきがまる見えになった。

「あんたはいい子だね。あたしのショールをあげよう。できるだけあたたかくしていったほうがいい」

たしかに、ポケットの中にいて少しはあたたかいはずのミーカでさえ、寒さにふるえはじめている。ニコラスはおくりものを受けとり、あらためてお礼をいうと、歩きだした。

ニコラスは地図にしたがって歩き、いくつもの平原を越《こ》え、氷のはった湖や雪におおわれた野をいくつも通りこし、トウヒのしげる森を何度もぬけた。

ある日の午後、ニコラスは雪をかぶったトウヒの根もとに腰《こし》をおろし、足のようすをたしかめた。両方ともまめだらけだ。まめのないところなどほとんどないが、そこもまっ赤になっている。出発したときからぼろぼろだったくつは、もはや形もとどめていない。

「こんなことしても、むだだ」ニコラスはミーカにいった。「これ以上進めない。もうくただよ。それに、どんどん寒くなっていくし。うちにもどるほかないね」

だが、「うち」といったとき、ニコラスは、自分にうちなんてないんだと気づかされた。マツの森の小さな家。あれはもう、自分のうちとは呼《よ》べなかった。カルロッタおばさんが住んでいるかぎりはむりだ。自分のベッドにねることさえできないんだから。

北のはてへの道

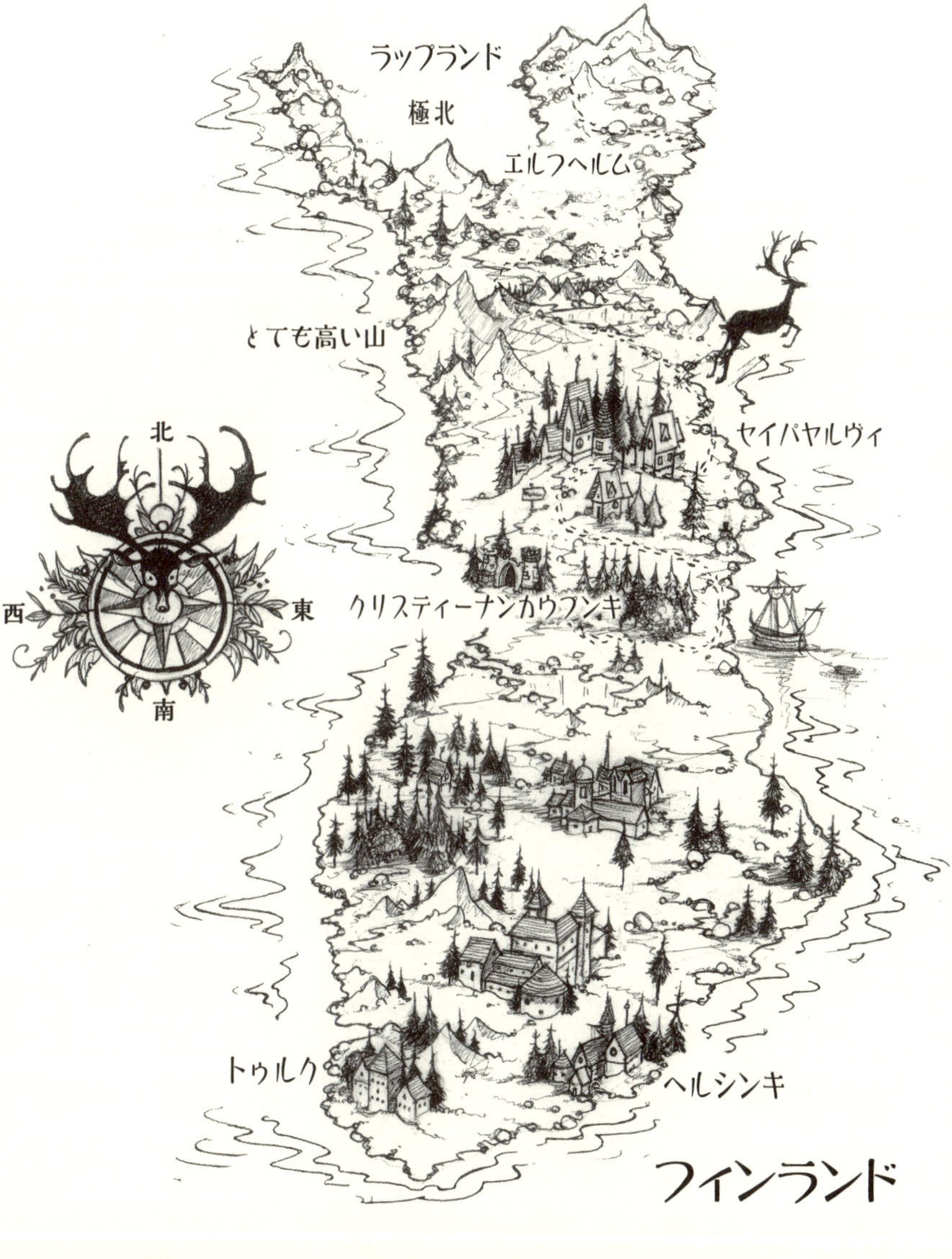
ラップランド
極北
エルフヘルム
とても高い山
北
西
東
南
セイパヤルヴィ
クリスティーナンカウプンキ
トゥルク
ヘルシンキ
フィンランド

「ねえ、ミーカ」ニコラスは木のそばにすわったまま、ミーカにキノコをやった。「おまえはこの森にいるのがいちばんかもしれない。地図を見てごらん。目的地にたどりつけるかどうかもわからないんだ」

ニコラスとミーカは地図をのぞきこんだ、いくべき道は、雪の上の足あとのような点線で描《えが》かれている。まっすぐな線はどこにもなく、たった一本の曲がりくねった長い道が、森の中や湖のふちをぬうように走り、高い山に向かっている。その山が高いことはすぐにわかった。なんたって、地図に「とても高い山」と書いてあるからね。

ニコラスはネズミをポケットから出して、地面におろした。「いくんだ、ミーカ。ここで別れよう。ほら、あそこに葉っぱや野イチゴがある。ここなら、おまえもやっていけるよ。だから、さあ、いきな」

ネズミがニコラスを見あげた。「葉っぱに野イチゴ？　ばかにするのはやめてもらいたいね！」

「だけどミーカ、これがいちばんなんだよ」しかし、ミーカはのそのそもどってきて、ニコラスの足にはいあがった。そこで、ニコラスはミーカをポケットにもどし、コケのはえた地面に頭を休めると、おばあさんにもらったシ

ヨールを体にかきよせて、昼の日ざしをあびながら、そのままそこでねむってしまった。

ねているまに、雪がふった。

ニコラスは夢《ゆめ》を見た。夢《ゆめ》の中で、ニコラスは小さいころにもどって、ブリッツェン湖のそばの丘《おか》にいた。ニコラスが乗ったそりを父ちゃんがおし、母ちゃんが声をあげて笑う。ニコラスは幸せだった。夢《ゆめ》の中では。

なにかにひっかかれた気がして、ニコラスはとびおきた。ミーカが前足でニコラスの胸《むね》をひっかき、おびえたようにキーキー鳴いている。

「どうしたの？」

「わかんないよ！」ミーカが、かんだかい声でわめいた。「なんかすっごくでかくて、頭につのがあるやつだよ！」

ニコラスにも見えた。

大きな生きものだ。

近すぎて、一瞬《いっしゅん》なんだかわからなかった。地面にすわっていたせいもあって、たしかにそいつは大きく見えた。でも、クマじゃない。体は濃《こ》い灰色《はいいろ》の毛におおわれていて、はばのある、がっしりした頭がついている。ヘラジカに似《に》ているが、まちがいなくべつの生きものだ。あらい息にあわせて胸《むね》が上下している。胸《むね》の毛は灰色《はいいろ》じゃなく、雪のように白い。ブタがオオカミを追いはらおうと怒《おこ》っているような、変な鳴き声をたてている。こまかな毛のはえた大きなつのが目に入った。風にかしいだ木のように大きく曲がり、ねじれたつのだ。

やっとわかった。

トナカイだ。

すごく大きくて、すごくきげんの悪いトナカイだ。

それが、ニコラスをまっすぐ見つめていた。

10
トナカイ

トナカイがうしろにさがった。大きくて、凶暴《きょうぼう》そうだ。濃《こ》い灰色《はいいろ》の毛は、頭上に広がる嵐雲《あらしぐも》の色だ。トナカイが頭を左右にふり、あごを上げて、ブタに似たへんてこな声でうなるようにほえた。空にとどろく雷鳴《らいめい》のようだ。

ミーカはおそろしさに情《なさ》けない声を出し、ニコラスはあたふたと立ちあがった。

「やあ、トナカイくん！　いい子だね！　いい子だ！　『くん』でいいのかな？」（ニコラスは確認《かくにん》した）。「うん、男の子だね。だいじょうぶだよ。きみを傷《きず》つけたりしない。わかる？　ぼくは友だちだよ」

そんな言葉は通じなかった。

トナカイが後足で立ちあがった。ニコラスよりはるかに大きくのびあがり、前足のひづめでニコラスの顔のすぐ前の宙《ちゅう》をかいて、怒《いか》りをあらわにしている。

ニコラスはうしろの木まであとずさりした。心臓《しんぞう》がはげしく打っている。

「どうしよう?」ミーカにたずねてみたが、ミーカにもこれといった提案《ていあん》はなさそうだ。

「にげる?」そういってはみたものの、トナカイからにげきれるはずがないことくらい、ニコラスにもわかっていた。寒さで、はく息が白い。ショックで体もかたまっている。

いっぽう、トナカイはでっかい筋肉《きんにく》のかたまりみたいなものだし、毛皮もある。息をするたびに、鼻からもうもうと湯気《ゆげ》が上がっている。けむりのようなその湯気《ゆげ》のむこうから、あらあらしくトナカイが向かってきた。うなり声とはげしい息づかい。頭を低く下げ、大きなつので二コラスの顔にねらいをつけている。フィンランドじゅうさがしたって、たぶんこれほど大きく、これほど怒《いか》りまくってるトナカイはほかにいない。

空に稲妻《いなずま》が走り、ニコラスは上に目をやった。

「ミーカ、つかまって」ニコラスはとびあがり、真上の枝《えだ》に両手でつかまると、体をゆすって、走ってきたトナカイをかわした。雷《かみなり》がとどろく。トナカイはそのままトウヒの木にぶつかり、ニコラスはつかまっていた枝《えだ》に足をかけて、ぎゅっとしがみついた。そのうちにはトナカイもあきて、おとなしくどこかへいってくれるんじゃないかと思ったが、そいつはいつまでもそこにいて、ひづめで地面をかいたり、木のまわりを回ったりしている。

ニコラスは、あることに気がついた。

歩きかたが変だ。見ると、トナカイの後足の一本から、折れた細い木の棒《ぼう》が突《つ》きだしている。矢がささっているのだ。

かわいそうに。

そのとき、つかまっていた枝《えだ》がバキッと折れ、ニコラスは落っこちて、雪のつもった地面に思いきり背中《せなか》を打ちつけた。

「ああっ！」

悲鳴をあげたニコラスの顔の上にぬっと影《かげ》がさした。トナカイだ。

「きいて」ニコラスはあえぎながらいった。「それ、ぬいてあげる」

足から矢をひきぬくまねをしてみせる。だが、トナカイってやつは身ぶりを理解《りかい》するのが得意じゃない。頭をふりまわし、つのでニコラスのあばらを突《つ》いてきた。はずみでミーカがポケットからとびだし、くるくる回りながらとんでいって、むこうの木にぶつかった。

ニコラスは痛《いた》みをこらえ、やっとの思いで立ちあがった。

「けがしてるんだろ。たすけてあげるから」

トナカイが動きをとめた。ブタのように鼻を鳴らしている。ニコラスは深呼吸《しんこきゅう》すると、持てる勇気のすべてをふるいおこして、じりじりと前に出た。トナカイの足の、矢がささっている場所のすぐ上にそっとふれる。そこで、はっとした。

灰色《はいいろ》の矢羽根だ。茶色のクマに向けて放たれた矢とそっくり同じもの、つまり、狩人《かりゅうど》のアンデシュの矢だ。

「ここを通ったんだ」思わず、声が出た。

ニコラスは、前に父ちゃんがヘラジカをたすけたときのことを思いだして、両手で雪をすくった。傷《きず》のまわりをその雪でおさえる。

「ちょっと痛《いた》いよ。でも、そのあとはすぐよくなるからね」

矢は深くささっているが、血はかたまっている。たぶん、何週間とはいわないまでも、何日かはささりっぱなしになっていたのだろう。トナカイが、また動いた。痛《いた》いのか、足をふり、低い声で苦しそうに鳴く。

「だいじょうぶ。だいじょうぶだからね」トナカイに声をかけながら、ニコラスはさっと矢をひきぬいた。

トナカイは矢をぬかれた衝撃《しょうげき》でちょっと体をふるわせ、ふりかえってニコラスのももをかんだ。

「おい！　たすけてやったんだぞ」

ニコラスがいうと、トナカイは頭を下げ、少しのあいだじっとしていたかと思うと、おしっこをした。

「ほら」ニコラスは残っていた勇気のかけらを呼《よ》びおこして、また雪を手にすくうと、トナカイの傷口《きずぐち》をおさえた。
一、二分もすると、ふるえもとまり、トナカイは落ちついてきた。鼻からふきだしていた白い息もだんだん小さくなり、雪の中から草をさがして食べはじめた。
やっとトナカイがこちらを気にしなくなったようなので、ニコラスは凍《こご》えて痛《いた》むまめだ

らけの足で立ちあがり、雪をはたいた。かけもどってきたミーカをコートのポケットにもどす。ニコラスとミーカが顔を上げると、夜空にひときわ明るい大きな光をみつけた。北極星だ。見わたすと、東には大きな湖があり、西には氷の平原がある。ニコラスは地図に目を落とした。まっすぐ北に向かわなければならない。できるだけまっすぐにだ。

ニコラスは厚《あつ》みをましていく雪をザクザクふみながら、真北に向かって歩きだした。ところが、少しすると、足音がきこえる。

トナカイだった。

だが、今度はおそってくる気配はない。犬のように首をかしげてみせただけだ。

「おいら、頭に木がはえたおっかないヘラジカは、好きじゃない」ミーカがぶつぶついった。

ニコラスはまた歩きだしたが、足をとめてふりかえってみるたび、トナカイも歩みをとめる。

「シッシッ。ほんとに、ついてこないほうがいいよ。まだうんと遠くまでいかなきゃならないし、ぼくといても、おもしろくないよ」

ところが、トナカイはやっぱりついてくる。何マイルか進むと、ニコラスはまたくたびれてきた。足が重い。くつ底がすりきれて、足のうらが見えている。寒さとつかれで頭が痛《いた》くなってきた。だがトナカイは、足をけがしているというのに、まったくつかれたようすがない。しかも、ニコラスがまめの痛《いた》みをやわらげるため、しかたなく立ちどまって足を休めていると、その前までやってきて、ぼろぼろのくつや傷《きず》ついた足を見てとるや、頭を下げ、前足を折って、姿勢《しせい》を低くした。

「背中《せなか》に乗れっていってるの？」

トナカイは低く鼻を鳴らした。

「いまの、トナカイ語で『そうだよ』っていったのかな？　ミーカ、どう思う？」

「『ちがうよ』っていったんじゃない？」

ミーカはそういったが、足はだるいし、まめは痛《いた》いし、思いきって乗ってみることにした。「ぼくたちふたりだよ？　ぼくと、ぼくのネズミ。それでもいい？」

だいじょうぶそうだ。それで、ニコラスはトナカイの背《せ》によじのぼった。じっさい、それがニコラスにできるせいいっぱいだった。

うまくいきますように。ニコラスはそう祈《いの》った。

11
赤いもの

トナカイに乗るのは、思ったほどむずかしくはなかった。ちょっとがたがたゆられるものの、歩くよりはずっといい。まめだらけの足で歩くのにくらべたら、なおさらだ。それに、乗りごこちの悪さにもだんだんなれてきた。トナカイの背中《せなか》に体をあずけ、ニコラスはミーカが寒くないよう、コートのポケットを手でそっとおさえてやった。

「きみに名前をつけてあげなきゃね」ニコラスはトナカイにいった。「トナカイの世界じゃ名前なんてどうでもいいかもしれないけど、人間にとっては大事なものなんだ。そうだなあ……」目をとじると、その日見た夢《ゆめ》のことを思いだした。夢《ゆめ》の中で、ニコラスは小さい子どもにもどって、ブリッツェン湖でそり遊びをしていた。「ブリッツェン？」

トナカイが耳をぴくっと立て、頭を上げた。これしかない。「きみがよければ、これからそう呼《よ》ぶよ」

トナカイに異論《いろん》はなさそうだった。

ニコラスとミーカとブリッツェンは旅をつづけた。もう何日たっただろう。寒さはどんどんきびしくなる。ブリッツェンがいてくれて、おばあさんにもらったショールがあって、ポケットの中で手をあたためてくれるミーカがいてくれることが、ほんとうにありがたく感じられた。ニコラスはたびたび体を前にたおしてトナカイの首を抱《だ》き、右のポケットに入れていたキノコや野イチゴを少しずつ食べさせてやった。

やがて、景色は見わたすかぎり白

一色になり、ニコラスは自分たちがあの地図のなにも描《えが》かれていない部分にさしかかったことを知った。雪は深くなり、風もきつくなったが、ブリッツェンは負けなかった。たくましい足とがっしりした体格《たいかく》で、深くなるいっぽうの雪をかきわけて力強く進んでいく。どっちを見てもまっ白な世界では、あまり先を見とおすことはできなかったが、やがて地平線からせりあがるように何かが見えてきた。とてつもなく大きな、ごつごつした山のいただきだ。かまのような形をした小さな銀色の月が空に低くかかり、雪もやんだころ、ようやく一行は、地図にあった「とても高い山」のふもとについた。

ニコラスはブリッツェンに最後からふたつめのキノコをやり、最後の一個《こ》をミーカにやった。ニコラスのおなかは遠くで鳴る雷《かみなり》のような音をたてていたが、自分は何も口にしなかった。山はどこまでもつづいているように見えた。のぼればのぼるほど、高くなっていく気がする。

ブリッツェンのペースが落ちはじめた。さすがにつかれたのだろうか。

「いい子だ、ブリッツェン。いい子だね」ニコラスは、弱々しい声でいいつづけた。片手《かたて》はミーカを守るためにポケットを上からおさえつづけ、ときどきもう片方《かたほう》の手でトナカイの背《せ》中《なか》をぽんぽんとたたいてやった。

ブリッツェンの足の下にはもう雪しかなく、その雪はなおも深くなるばかりだ。それでもこうして前に進んでいられるのは、ふしぎとしかいいようがなかった。

ようやく山の中腹《ちゅうふく》までのぼったころには、一面の白に目がくらんだようになっていたが、そのときちらっと赤いものが目に入った。ひとすじの血のような、雪の中にできた傷口《きずぐち》のような赤。ニコラスはトナカイからとびおり、凍《こご》えそうに冷たいまっ白な雪の中を、それに向かっていった。

とはいえ、かんたんなことではない。ひと足ごとに、ずぼっとひざまでしずみこむ。この山は山なんかじゃなく、ただ雪が山のようにつもってるだけじゃないかという気がしてくる。

やっとたどりついた。血ではない。それは赤いぼうしで、ニコラスにはひと目でわかった。

父ちゃんの赤いぼうしだ。

赤いハギレを父ちゃんが自分でつぎはぎしてつくったとんがりぼうしで、先っぽに白いポンポンがついている。

冷たくこおりつき、中にはさらさらの雪がつまっていたが、見まちがうわけがなかった。ニコラスは、深い苦しみが、弱った体を突《つ》きさすようにつらぬくのを感じた。最悪のことが起こったのだ。

「父ちゃん！」ニコラスは両手で雪をほりながら、何度も大声で呼《よ》んだ。「父ちゃん！　父ちゃん！」

ぼうしがみつかったからといって、なにがわかるわけでもない。ニコラスは自分にそういいきかせようとした。風で頭からとばされ、急いでいたか、見うしなったかして、そのままになっただけかもしれない。きっとそうだ。だが、骨《ほね》が痛《いた》むほど寒さに凍《こご》え、はらぺこで死にそうなときに、物事をいいほうに考えるのはむずかしい。

「父ちゃん！　父ちゃぁぁぁん！」

ニコラスはそのまま素手《すで》で雪をほりつづけていたが、やがて冷たさのあまり、体ががたがたふるえだし、とうとうわっと泣きだしてしまった。

「ぜんぶむだだった！」ニコラスはミーカにいった。勇敢《ゆうかん》にもコートのポケットから顔をのぞかせたミーカは、ちっちゃな頭を寒さにふるわせている。「もうなんの意味もない。きっと父ちゃんは死んじゃったんだ。帰るしかないんだ」それから、もっと大きな声で、ブリッツェンに呼《よ》びかけた。「南に向かわなきゃ。ごめんね。きみを連れてくるんじゃなかった。きみも、ミーカもね。いくらトナカイでも、こんなにつらい、危険《きけん》な目にあわせるなんて。さあ、ひきかえそう」

だが、ブリッツェンはきかなかった。深い雪の中を苦労してかきわけ、歩きだし、まだ山をのぼろうとしている。

「ブリッツェン！　そっちじゃない！　そっちにいってもしかたないんだ！」

それでも、ブリッツェンは足をとめようとしない。さあいこう、というようにニコラスをふりかえる。ちょっとの間、ニコラスはこのままこうしていようかと考えた。ここにいれば、そのうちすっかり雪にうもれて、ニコラスも山の一部になれる。父ちゃんのように。前に進んでも、あともどりしても、しかたがない気がする。あの家をとびだすなんて、なんてばかだったんだろう。もう、わずかの希望も残っていなかった。

あまりの寒さに、なみだも顔の上でこおりついている。

死ぬのに長くはかからないはずだ。

ふるえながら、ニコラスはブリッツェンが山をのぼっていくのを見ていた。

「ブリッツェン！」

ニコラスは目をとじ、泣くのをやめた。骨《ほね》にしみとおっていた寒気《さむけ》がぬけて、やすらかな気持ちにつつまれるのを待つ。何分もしないうちに、なにかが耳をそっとおすのを感じた。目をあけてみると、あたたかい息のもやのむこうに、ブリッツェンのふたつの目があった。すべてお見通しだといわんばかりに、まばたきもせずニコラスを見つめている。

ニコラスをトナカイの背《せ》にもどらせたのは、なんだっただろう？

希望？　勇気？　それともただ、はじめたことは終わらせなきゃ、と考えたから？

ひとつだけ、たしかなことがあった。

ニコラスは自分の中でなにかが燃《も》えはじめたのを感じていた。弱ってつかれはて、冷えきっておなかをすかせ、悲しみにしずんでいるというのに。

ニコラスは父ちゃんのぼうしをつかんで雪をはらいおとすと、頭にかぶり、ふたたびトナカイの背中《せなか》によじのぼった。そして、トナカイは、同じようにつかれて凍《こご》え、おなかをすかせていたにもかかわらず、また山をのぼりはじめた。だって、山はのぼるためにあるのだから。

12 魔法《まほう》の終わり

のぼりつづけていれば、やがては頂上《ちょうじょう》にたどりつける。山というのは、そういうものだ。どんなに高い山でも、かならず頂上《ちょうじょう》はある。まる一日とひと晩《ばん》かかったとしても、山に頂上《ちょうじょう》があることさえ忘《わす》れなければ、ふつうはたどりつける。まあ、その山がヒマラヤ山脈にある場合には、頂上《ちょうじょう》があるとはわかっていても、ただのぼりつづけただけでは、そこにたどりつく前に凍《こご》え死《じ》にするか、足の指ぜんぶがなくなってしまうだろう。でも、これはそこまで高い山じゃない。ニコラスの足の指も、なくなったりはしなかった。

ニコラスとブリッツェンとミーカが進んでいくと、緑色の光のカーテンが夜の空をうめつくした。

「見て、ミーカ、オーロラだよ！」

ミーカがポケットの中でつま先立ちして上を見ると、広大な空いっぱいに、美しく、神秘《しんぴ》的な光がぼうっと広がっていた。正直にいえば、ミーカにはどうでもいいことだった。「美」なんてものは、べつにネズミの興味《きょうみ》をひくようなもんじゃない。それがひと切れのおいしそうなチーズの、なめらかな黄色の美しさや血管のように走る青いすじの美しさなら、話はべつだけどね。それで、ミーカはちょっと顔をのぞかせたと思ったら、すぐまたひっこんで、ポケットの中でまるまってしまった。

「すばらしいと思わない？」ニコラスは、オーロラにみとれながらいった。まるで、光る緑色の粉を天にまきちらしたかのようだ。

「あったかいことのほうがすばらしいよ」と、ミーカはこたえた。

太陽がのぼる前に山頂《さんちょう》についた。空は青色にもどり、オーロラは消えてしまったが、まだなにかきらめくものがある。ここからずっとくだった、山のむこうの谷のあたりだ。しかも、あちらのオーロラは濃《こ》い緑やうすい緑だけでなく、にじの七色だった。ニコラスは地図を広げ、じっさいの地形と見くらべようとした。山を越《こ》えればエルフの村が見えるはずだが、雪におおわれた平原が地平線までつづいているだけだ。いや、それだけじゃない。遠くにいくつか丘《おか》が見える。北西の方角で、そこには高いマツの森がある。だが、見わたすかぎり、生きものの気配はまったくなかった。

一行はまっすぐ北へ、色とりどりの光が見えるほうへ向かって、山をおりていき、光に満ちた空気の中をよろよろと歩いていった。

ニコラスの心は、信じられないほど早くしぼんでしまった。山のてっぺんにいたときには、なんでもできるような気がした。それなのにいま、厚《あつ》くつもった雪の中をとぼとぼ進むニコラスの胸《むね》には、また不安がわいていた。

「頭がどうかしてきたみたい」ニコラスはいった。おなかがすきすぎて、きりきり痛《いた》みだしたし、まるで胃の中になにか生きものがいて、グルグルうなったり歩きまわったりしている気がする。ニコラスは父ちゃんのぼうしを耳までひきさげた。歩きつづけていくと、雪は少し浅くなってきたが、それでもまだずしりと重い。赤や黄色や緑やむらさきに色づいた空気の中を進む。ブリッツェンのようすがどこかおかしいことにも、ニコラスは気づいていた。歩みがのろくなり、頭を低くたれたままなので、ニコラスからはつのも見えない。

「ねむらないとだめだよ。ぼくもねむらないと。とまらなくちゃ」

だが、ブリッツェンはとまろうとしない。歩きつづけている。ブリッツェンはひと足、またひと足と、よろめきながら進んでいたが、やがてがくっとひざを折り、雪の中に倒《たお》れこんでしまった。

ドサッ。

ニコラスはブリッツェンと地面のあいだに足をはさまれて、動けなくなった。ブリッツェンはトナカイの中でもいちばんでかいくらいだから、重い。

ミーカはなんとかニコラスのポケットからぬけだすと、雪の上をちょろちょろと走ってブリッツェンのそばまでいき、顔をひっかいて起こそうとした。

「ブリッツェン！　起きてよ！　ぼくの足が下じきになってる！」ニコラスは大声で呼《よ》んだ。

だが、ブリッツェンは目をさまさない。

足がおしつぶされていくのを感じる。

足首から全身に、ずきずきと痛《いた》みが広がっていき、そのうちに何も考えられなくなった。ただ、痛《いた》いという以外には。
ニコラスは、ブリッツェンの背中《せなか》をおしてみたり、雪の中で左右に足をゆすってみたりした。これほど体が弱って、おなかがぺこぺこでなかったら、自力で足をぬくことができたかもしれない。だが、時間がたつほどに、ブリッツェンの体は重く、冷たくなっていく。
「ブリッツェン！　ブリッツェン！」
ぼくはここで死ぬのかもしれない。でも、だれもそれを知りはしないし、気にかけてくれる人もいないんだ。そう考えると、恐怖《きょうふ》でまた寒気《さむけ》におそわれた。そのあいだも、ニコラスのまわりをふしぎな光がただよっている。赤、黄色、青、緑、むらさき。

「ミーカ、いきな……ぼくは動けない……さあ、いくんだ……さあ……」

ミーカは不安げにあたりを見まわしていたが、とつぜんなにかをみつけた。ニコラスの人間の目には見えないなにかだ。

「なんなの、ミーカ?」

ミーカはキーキー鳴いてこたえたが、ニコラスにはさっぱり理解《りかい》できなかった。

「チーズだ」ミーカはそういっていた。「チーズのにおいがする!」

もちろんチーズなんか見えやしないが、そんなことでためらうミーカじゃない。なにかを心から信じているときは、それが目に見えなくてもかまいはしないのだ。

ミーカはかけだし、そのまま走りつづけた。あたりの雪はまだ深かったが、軽く、ふんわりしていたし、でこぼこもなく、平らに広がっていた。ミーカは雪をけってすばやく走り、北へ向かっていく。

ニコラスは友だちのネズミが小さな点になり、やがてすっかり消えるのをじっと見おくった。「さよなら、ぼくの友だち。幸運を祈《いの》るよ!」

ニコラスは手をふった。上げた手の指がどれも冷えきって、濃《こ》いむらさき色に変わっている。指には、焼けるような感覚があった。胃がきりきりと痛《いた》み、けいれんしている。はさまれた足は、まるで上からはトナカイの重みに、下からは世界の重みに押《お》されているように、つぶされ、悲鳴をあげている。ニコラスは目をつぶり、ごちそうの山を思いうかべた。ハム、ジンジャーブレッド、チョコレート、ケーキ、それにムスティッカ・ピーラッカ。

ニコラスは雪の上にねころんだ。つかれがどっとおそってきた。同時に、命が体からぬけていくのを感じた。

ミーカはいってしまった。ニコラスはひどい気分になり、それと同じくらいひどい言葉を口にした。この世で最低最悪の言葉だ（さあ、目をとじて耳をふさぐんだ。とくにきみがエルフならね）。

「魔法《まほう》なんか、ない」遠のいていく意識《いしき》の中で、ニコラスはつぶやいた。

そして、目の前がまっ暗になった。

13

ファーザー・トポとリトル・ノーシュ

闇《やみ》の中で声がする……。「カビーチャ・ロスカ！　カビーチャ・ティッキ！」変な声だ。小さくて、早口で、高い声。女の子かもしれない。

「タ・フーレ。アートウマ・ロスカ・エス・ヌォスカ・ノーシュ」今度のはゆっくりで深い。でも、やっぱり変な声だ。歌ってるみたいにきこえる。

ニコラスは死んだのだろうか？

いや。まだだ。だが、生きてるともいいがたい。ニコラスもブリッツェンも、あとほんの一分おそければ、死体でみつかっていただろう。

ニコラスが最初に気づいたのは、あたたかさだった。

あったかいシロップを体の奥にそそぎこまれている感じ。小さな手が心臓《しんぞう》の真上にあてられているとわかったのはもっとあとのことだが、声はきこえた。千マイルもはなれたところからきこえてくるような声だった。

「おじいちゃん、これなあに？」さっきの高い声だ。さらにふしぎなことに、いまはなにをいっているか、ぜんぶわかる。ニコラスと同じ言葉をしゃべっているように、はっきりと。

「男の子じゃよ、ノーシュ」もうひとつの声。

「男の子？　でも、おじいちゃんより大きいよ」

「そりゃ、この子がわしらとはべつの生きものだからじゃ」

「べつの生きもの？　どんな？」

「人間じゃよ」低いほうの声が、そっといった。

息をのむ音がした。「人間？　あたいたちのこと、食べる？」

「そんなことはせん」

「にげたほうがよくない？」

「あぶないことはなにもない。平気じゃよ。しかし、かりにそうでないとしても、われわれは、おそれをみずからの導《みちび》き手としてはならん」

「変な耳だね」

「ああ、この耳を見なれるには、けっこうかかりそうじゃな」

「でも、あのことはどうなの……？」

「いやいや、リトル・ノーシュ。それは考えちゃいかんよ。困《こま》ってる人がいれば、たすけてやらんと……たとえ相手が人間でもな」

「この子、すごく具合悪そうだね」

「ああ、そうとも。だから、できるだけのことをしてやらにゃならんのだ」

「うまくいきそう？」

「ああ」さっきまでとちがって、ちょっと心配そうな声だ。「うまくいくと信じとるよ。そっちのトナカイもな」

ブリッツェンが目をさまし、ゆっくり体の向きを変えたので、ニコラスはようやく重みから解放《かいほう》されて、目をぱちぱちさせた。

そして、はっとした。一瞬《いっしゅん》、自分がどこにいるかわからなかった。つぎに目に入ったのは生きもののすがたで、ニコラスはまた、あっと息をのんだ。だれだって、エルフを見たらそうなるはずさ。

エルフってのはたいていそうなんだが、ふたりのエルフはどちらもすごく背《せ》が低かった。とはいえ、大きさには少しちがいがある。小さいほうは、どうやら女の子だ。髪《かみ》は黒く、はだは雪よりも白い。やせたほおにとんがったあご、耳もとんがっていて、大きな目はちょっとばかりはなれている。くすんだ緑色のチュニックを着ていて、ずいぶん薄着《うすぎ》に思えるが、寒そうには見えない。年寄《としよ》りの大きなエルフのほうも同じ色のチュニックを着て、赤いベルトをしめている。白い口ひげを長くのばしていて、頭もしらが。真剣《しんけん》な表情《ひょうじょう》だが、やさしい目でニコラスを見ていた。その目は朝日をあびた霜《しも》のようにきらめいている。

「あなたたちはだれ？」ニコラスはきいたが、ほんというと「だれ」ではなく、「なに」とききたかった。

「あたいはリトル・ノーシュだよ。あんた、名前は？」

「ニコラス」

「わしはファーザー・トポ。ノーシュのじいさんだ」年寄《としよ》りエルフはだれかに見られていないかと気にするように、あたりを見まわしながらいった。「正確《せいかく》にいえば、ひいひいひいひいじいさんじゃがな。わしらはエルフだ」

エルフ。

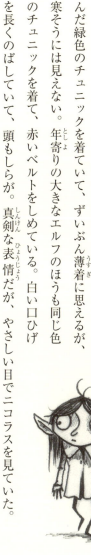

「ぼく、死んだの？」これは、ちょっとばかりおかしな質問《しつもん》だった。なにしろ、ここ何週間かではじめて、あたたかいものが全身の血管をどっとかけめぐり、胸《むね》がわくわくするのを感じていたんだからね。

「いいや、死んではおらんぞ。よっぽど死にたかったみたいじゃがな！　おまえさんはぴんぴんしておる。おまえさんの持っている、よい心のおかげでな」

なにがなんだかわからない。「でも、ぼく……寒くないんだ。それに、あんなに弱ってたのに」

「おじいちゃんがちょびっと魔法《まほう》をつかったのよ」

「魔法《まほう》？」

「ドリムウィックをね」

「ドリムウィック？　なにそれ？」

ノーシュはニコラスを見て、おじいさんを見て、またニコラスを見た。「ドリムウィックを知らないの？」

ファーザー・トポは孫娘《まごむすめ》を見おろした。「この子は山のむこうから来たんじゃ。人間の住む世界では、魔法《まほう》はめずらしいものなんじゃよ」トポはニコラスとブリッツェンに笑顔《えがお》を向けた。「ドリムウィックというのは、希望の魔法《まほう》じゃ。目をとじて、ただ願えばよい。しかし、正しく願えば、それをかなえることができる。大むかしからある魔法《まほう》で、『希望とふしぎの本』というエルフの魔法書《まほう》にものっておる。わしは自分の手を、おまえさんとおまえさんのトナカイの上に置いて、願ったのじゃ。おまえさんたちがあたたまりますように、元気になりますように、いつでも安全でありますように、とな」

「いつでも安全に？」ニコラスはとまどった。ブリッツェンはニコラスの耳をなめている。

「それは不可能《ふかのう》だよ」

ノーシュが息をのみ、トポは両手で耳をふさいだ。「エルフならぜったい口にせん言葉だ」トポはぶるぶると首をふった。「不可能《ふかのう》というのは、おまえさんがまだ理解《りかい》できていないだけで、ほんとは可能《かのう》なことなんじゃよ……じゃが、まあとにかく、おまえさんはもう、エルフヘルムを出なくちゃならん。いますぐにな」

「エルフヘルム？　エルフの村ってこと？　ぼく、まだそこまでたどりついてないんだけ

ど」

ノーシュがけらけら笑いだし、エルフらしくいつまでも笑いつづけた（エルフってやつは、笑いだしたらほんとに止まらないんだ）。トポがノーシュをぎろりとにらんだ。

「なにがおかしいの？」と、ニコラスはきいた。相手は命の恩人《おんじん》だが、人をこんなに笑うなんて失礼だ。

「いま、あたいたちがいるのが、七曲《ななま》がり道《みち》だよ」ノーシュがくすくすわらっていう。

「え？　道なんてないよ。なんにもない。雪があるだけじゃないか。それと……なんか……色みたいなのが」リトル・ノーシュがファーザー・トポを見つめた。「教えてあげてよ、おじいちゃん。この子に教えてあげて」

トポはあたりにだれもいないのをたしかめると、早口で説明した。「ここはエルフヘルムでいちばん長い通りじゃ。わしらがおるのは、村の南東のはしで、この道は西に曲がって、村の外側をかこむ森木立《もりこだち》の丘《おか》までつづいとる」

「丘《おか》？　でも、なにもないよ。空中に色がうかんで見えるだけで」

「あっちに見えるのが、しろがね湖とトナカイの広野《ひろの》、お店がならんでるのがトナカイ通りだよ」ノーシュがぴょんぴょんはねながら、北のほうを指さした。

「湖？　どこに湖があるの？」

「それで、あそこにあるのがエルフヘルムの大集会所」ノーシュが反対の方角を指したが、これといったものは見あたらない。

　ニコラスはわけがわからず、思わず立ちあがった。「いったいなんの話をしてるんだよ？」

「この子、目が見えないの？」

　ノーシュにきかれたトポは、ニコラスとノーシュを見くらべ、おだやかにいった。「なにかを見るためには、まずそれを信じなきゃならん。心から信じるのじゃ。それがエルフの第一の法則《ほうそく》じゃよ。信じなければ、見ることはできん。さあ、本気でためしてごらん、おまえさんがさがしていたものが見えるかどうか」

14 エルフの村

見まわすと、あたりにうかんでいた何百という色が、少しずつ濃《こ》く、はっきりと見えてきた。どんどんあざやかに、くっきり、いきいきと。さっきまでガスのように空中をふわふわただよっていた色が、ニコラスの目の前で線や形にすがたを変えていく。四角、三角、長四角。道が、建物が、村全体が、なにもなかったところにすがたをあらわした。エルフの村だ。ニコラスたちは、緑色の小さな家がひしめく通りに立っていた。その道とぶつかる、もっと大きな通りが、東からこちらへのびている。ニコラスは地面に目を落とした。雪がつもっている。それは変わっていない。広い通りにそって、北のほうへ目を向けてみた。道の両側に、屋根に雪をのせた木づくりの家がたちならんでいる。なかの一軒《けん》は、おもてに大きな木ぐつをぶらさげていた。小さなコマの絵をかいたかんばんをかけている家もあった。きっと、おもちゃ屋さんだ。むこうのほうに、ノーシュがいっていた湖が見える。だ円形のでっかい鏡のようだ。その横の平原には、トナカイがいっぱいいいた。ブリッツェンもそれに気づいて、興味《きょうみ》しんしんなようすで、平原を見つめている。

西に目をうつすと、森木立《もりこだち》の丘《おか》の手前に黒っぽい、大きな円形の塔《とう》が空に向かってのびていた。北にまっすぐいくと、さっきノーシュが指さしたあたりに、エルフヘルムの大集会所があって、これも黒といっていいような色の木でつくられている。塔《とう》（といっても、二階建てくらいの高さしかない）ほど高くはないが、広くて、二十もの窓《まど》があり、明るくかがやいている。大集会所のほうからは歌声がきこえ、あまいにおいやおいしそうなにおいがただよってきた。もう一年以上かいだことのないにおいは、ショウガ入りのクッキー、ジンジャーブレッドだ。クリスティーナンカウプンキのパン屋さんの外でかぐよりも、いいにおいがした。

「ほんとだ、エルフヘルムだ。父ちゃんは正しかったんだ。父ちゃんが話してくれたとおりのとこだ」

「そのぼうし、いいわね」と、ノーシュがいった。

「ありがとう」ニコラスはぼうしをぬいで、見つめた。「これ、父ちゃんのなんだ。父ちゃんは探検隊《たんけんたい》に入って、エルフヘルムをさがしに出かけたんだ。ねえ、ぼくの父ちゃんもここにきたかな？　ほかに六人の男の人がいっしょだったんだ。父ちゃんは――」

だが、ノーシュはおかまいなしにべつの話をはじめた。「あたい、赤がだーい好きなの！緑のつぎに。そんでもって、黄色のつぎに。あたい、どの色もぜーんぶ好きなの。ほんとだよ。でも、むらさきはべつ。むらさきって、悲しい気持ちになるんだもん。見て、あそこがあたいのおうちだよ」ノーシュは少し先の、赤と緑の小さな家を指さした。

「すてきだねえ」ニコラスは感心した。「ところで、ネズミを見なかった？」

「見たよ！」ノーシュが大きな声でこたえた。ファーザー・トポは、あわててノーシュの口を手でおさえた。

「さあ人間の子よ、エルフヘルムも見たことだし、そろそろ、そのトナカイをつれて帰るがいい。おまえさんのさがしてるものは、ここにはないよ」

トポのあせりを感じとったように、ブリッツェンがニコラスの肩《かた》を鼻でおした。

「ものじゃなくて、父ちゃんをさがしにきたんです。千マイルも旅してきたんだ。ぼくもブリッツェンも、ここまできて、ただあともどりするわけにはいかないよ」

トポは、やれやれと頭をふった。「すまんな。しかし、ここに人間がいるのはまずいんじゃよ。おまえさんは、南にもどらにゃならん。それが、おまえさんのためだ」

ニコラスはトポの目を見つめて、たのんだ。「ぼくには父ちゃんしかいないんです。父ちゃんがエルフヘルムについたかどうか、どうしても知りたいんだよ」

「この子、うちのペットにしようよ！」ノーシュが話にわりこんだ。

トポは、ノーシュの頭をぽんぽんとたたいた。「リトル・ノーシュ、人間はペットにはなりたがらんと思うぞ」

「お願いします。めいわくかけるつもりはないんだ。父ちゃんがどうなったのか、知りたいだけなんだよ」

ファーザー・トポは考えこんだ。「そうじゃのう、もしかすると、この季節なら歓迎《かんげい》してもらえるかもしれんな」

これをきいて大喜びしたのは、ノーシュだ。「じゃ、大集会所につれていこうよ！」

ニコラスもいった。「もめ事は起こさないよ。やくそくします」

トポは、西側の高い円形の塔《とう》にちらっと目を走らせた。「もめ事を起こさんようにしても、むだかもしれん。もめ事のほうで待ちかまえてることもあるんでな」

それがどういう意味か、ニコラスにはわからなかったが、ともかくエルフたちのあとをついていった。湖の先の大集会所に向かって、三人の木ぐつが雪をふんで歩く。いろんなお店がならんだ広い道だ。「大通り」とだけ書いた標識《ひょうしき》の前をすぎ、くつ屋さんの前を通りすぎた。パン屋さんの窓《まど》は、湯気《ゆげ》でくもっている。おもちゃとそりの店には、そりづくりの学校のポスターがはってあった。

黒いタイルがはられた、ゆがんだ建物の前も通った。おもてには「デイリー・スノー新聞社」とかんばんがかかっている。

「エルフの村一番の新聞じゃよ」ファーザー・トポが教えてくれた。「おそろしげなことやばかげたことばかり書いてある」

新聞社の前には、少し前の新聞が、無料の札をつけて高々とつまれている。

大見出しには、「リトル・キップ、いまだ発見できず」とある。リトル・キップというのは、だれなんだろう？　ニコラスはふたりにきこうとしたが、エルフたちは小さいわりに歩くのが速くて、いつのまにかだいぶ先までいっている。ニコラスとブリッツェンは追いつくのもひと苦労だった。

「あれはなに？　あそこの高い塔《とう》は」

ニコラスは質問《しつもん》したが、トポはそれにはこたえず、「ほら、あそこが北極だ」と話題を変えた。トポが指さすほうを見ると、細い緑色の棒《ぼう》のようなものが地面から突《つ》きだしていた。

特集 シーズン最新の木ぐつ

1部／2コイン チョコレート

デイリー・スノー新聞

エルフみんなのお気に入り

リトル・キップ いまだ発見できず

トナカイインフルエンザ エルフヘルムで大流行

マツの根で 村の大集会所が 崩壊《ほうかい》の危機《きき》

ノーシュがトポにきいた。「ファーザー・ヴォドルは親切にしてくれると思う?」

「だいじょうぶだと思うんじゃが。なあ、リトル・ノーシュ、わしらエルフは親切で、もてなしの心をもっとるんだ。いまはともかく、少し前まではずっとそうじゃった。ファーザー・ヴォドルとて、それは……」

ニコラスは頭がこんがらがってきた。「あのう、ファーザー・ティッポ?」

「トポじゃ」

「すみません、ファーザー・トポ。ぼくはただ——」

「ついたよ、ブリッツェン!」ノーシュがいきなり大声をあげた。

ニコラスたちは、すきとおった氷におおわれた湖までやってきていた。そのすぐむこうにひろびろとした平原があって、七頭のトナカイが木の幹《みき》についたコケをおいしそうに食べている。

「——ききたいだけなんだよ。ぼくの父ちゃんが——」

トポは、ニコラスの話などきこえないふりで、トナカイたちに呼《よ》びかけた。「おーい、みんな、こっちへおいで! 新しい友だちじゃよ」

そのあいだにノーシュはまた、自分の好きな色の話をはじめてしまった。「あい色はすごく好きなの。むらさきよりよっぽどいいわ。あと、あかね色。それと、青緑。赤むらさきも」

ニコラスのうしろにいたブリッツェンが、肩《かた》に鼻をすりつけてきた。「こいつ、ちょっとはずかしがりやなんだ」ニコラスは、いいわけをした。

そのとき、メスのトナカイが一頭やってきて、ブリッツェンに特別に草をわけてくれた。ニコラスはトナカイの足もとをみて、はっとした。足が地面についてない。足の終わるところと影《かげ》がはじまるところのあいだにすきまができている。もしかしたら、ニコラスの見まちがいかもしれないけどね。

「えっとね、この子はドナー」ノーシュがいった。「いちばんやさしい子なの」ノーシュは、ほかのトナカイもつぎつぎと指さして教えてくれた。「あれがコメット。背中《せなか》に白いすじが入ってるやつよ。プランサーはお調子者《ちょうしもの》で、いっしょにとびはねてるのがキューピッド。手を出したら、ぺろぺろなめてくれるよ。あ、それから……えーと……えーと……あの黒っぽいのがヴィクセンばあちゃん。ちょっと気むずかしいの。それと、あれがダンサー、それにダッシャー。ここではいちばん足が速いのよ」

「だいじょうぶ、ブリッツェン？」ニコラスは心配して声をかけたが、ブリッツェンはもう歩きだしていて、仲間にあいさつしにいってしまった。気づくと、ブリッツェンの足の傷《きず》はすっかりよくなって、あとも残っていない。

ブリッツェンが満足げにコケを食べはじめると、三人はまた歩きだした。道の途中《とちゅう》に西を指す標識《ひょうしき》が立っていて、「森木立《もりこだち》の丘《おか》　ピクシーのすみか」と書いてあった。音楽が大きくなり、ジンジャーブレッドのにおいが強くなってくると、不安とみょうにわくわくする気持ちが、胸《むね》の中でごちゃまぜになった。やがて、三人は古い大集会所のとびらの前についた。

「そういえば、おまえさん、今日がなんの日か知っとるじゃろうな？」

トポは笑顔《えがお》を向けたが、その表情《ひょうじょう》はかたかった。

「ううん。いまが何月かもわからないよ」

「十二月の二十三日じゃ！　つまり、クリスマスまであと二日というわけさ。それで、お祝いのパーティーをひらいとるんじゃよ。いまパーティーをひらくことがゆるされとるのは、クリスマスだけでな。それも、むかしのようなわけにはいかん。なにしろ、ダンスも禁止《きんし》ときておる」

家をとびだしてからそんなに時がすぎたとは、思ってもみなかった。だが、それよりもっと信じられないようなことが、この先いくつもニコラスを待ちうけていたのだ。

15

リトル・キップはだれなのか

きみがニコラスのようにふつうの身長の十一歳《さい》の男の子なら、エルフヘルムの大集会所の戸口をくぐるには、ちょっとかがまなきゃならない。中に入ったニコラスは、その場の光景に目をうばわれた。ものすごく長い木のテーブルが七つあって、そのまわりにエルフが腰《こし》かけている。何百という数のエルフたちだ。小さいエルフに、それよりはちょっと大きなエルフ。子どものエルフにおとなのエルフ。やせたエルフ、太ったエルフ、その中間のエルフたち。

ニコラスはこれまでずっと、エルフを見るのはこの世でいちばん幸せなことのように思ってきた。だが、目の前の空気はひどく陰気《いんき》だ。エルフたちは着ているチュニックの色ごとにわかれてすわっていた。

「わしは緑を着とるじゃろ。じゃから、わしらは上座《かみざ》にすわることになる。緑のチュニックはエルフ議会のメンバーでな。青は特殊技能《とくしゅぎのう》、すなわち、おもちゃやそりをつくったり、ジンジャーブレッドを焼いたりする技術《ぎじゅつ》を持った者だ。茶色のチュニックはそうした技能《ぎのう》を持たぬ者。じゃが、前はこうじゃなかった。ファーザー・ヴォドルが村をおさめるようになるまでは、みんないっしょにすわっておったんじゃ。エルフとは本来そういうもんさ。みんななかよくいっしょにということをたいせつにする生きものだったんじゃ」

「ファーザー・ヴォドルって？」

「シーッ！　声が大きい。きこえちまうぞ」

ニコラスは、エルフのクリスマスといえば、歌とたくさんのあまいおかしがつきものだと思ってきた。たしかにおかしはどっさりある。大集会所の中は、シナモンとジンジャーブレッドのにおいでいっぱいだ。ところが、エルフたちはそれを楽しんでいるように見えなかった。歌も歌ってはいるものの、楽しげな歌詞《かし》とはうらはらに、こんなにあわれな歌声はきいたことがないようなさびしさだ。

♪　**なやみは　そうさ　つきないものだ**
雪のように　ふっては　とける

だけど　ほほえみ　歌っていれば
なにが　あっても　へっちゃらさ
ほら　ごちそうもありゃ　歌もある
いまは　楽しい　クリスマス　♪

でも、だれも楽しそうじゃない。どの顔も悲しげだったり、ふきげんそうだったりしている。なんとも落ちつかず、ニコラスはトポにたずねた。「みんな、どうしたの？　なんで、ちっとも楽しそうじゃないの？」

トポが口をひらくより早く、ひいひいひいひいひいひい孫娘《まごむすめ》のノーシュが、楽しそうでないのは「みんな」じゃないことを証明《しょうめい》してみせた。「もうすぐクリスマス！」と、喜びいっぱいにキンキン声をあげたんだ。

あたりが静まりかえり、緊張《きんちょう》が走った。まるで、部屋じゅうが息をつめているようだ。いまや全員がニコラスに気づき、こちらを見つめている。

トポがせきばらいをした。

「エルフ諸君《しょくん》！　クリスマスを前にした絶好《ぜっこう》のタイミングで、スペシャルゲストをおむかえすることができましたぞ。クリスマスというのはまわりの人に親切にするものであるからして、みんなで以前のようなエルフ流のもてなしをしてさしあげようではないか。たとえ相手が人間でもな」

最後の言葉に、エルフたちはぎょっとした。

「人間！」だれかがさけんだ。「あらたなおきてはどうなるんだ？」このエルフは青いチュニックを着て、しまもようの変わったひげをはやしていた。そのエルフが指さすほうには『デイリー・スノー新聞』の一面がやぶりとられて、かべにはってあった。「**エルフのあらたなおきて**」という見出しで、その下にしていいことと悪いことが箇条書《かじょうが》きにされている。

ニコラスは笑顔《えがお》をつくり、手をふってみたが、気まずい沈黙《ちんもく》が広がるばかりで、手をふりかえしてくれたのは、小さな子どもひとりだった。年寄《としよ》りの中には、舌打《したう》ちする者やぶつぶつ文句《もんく》をいう者もいた。どういうことだろう？　エルフといえば、気のいい連中じゃなかったんだろうか？　ニコラスはいつも、エルフを陽気な生きものだと想像《そうぞう》していた。にこにこ笑って、ダンスをしたり、おもちゃをつくったり、だれかにジンジャーブレッドをプレゼントしたり。それが父ちゃんからきいていた話だ。だが、事実はちがったのかもしれない。

目の前のエルフたちは、そっぽを向き、ものもいわず、あるいはしつこくじろじろにらみ

つけてくる。エルフにとって、だれかをにらむのがこれほど重要なこととは、思いもよらなかった。

「ぼく、出てったほうがいいかな?」いたたまれなくなって、ニコラスはきいた。

「だめだめだめだめ、だめったらだめ」ノーシュはさらにもう一度「だめよ」と念をおした。トポも首をふった。「その必要はない。わしらといっしょにすわればいい。上座《かみざ》のテーブルにあいた席があるじゃろう」

三人が部屋の反対側に歩いていくあいだ、エルフたちはしんとしたまま、タイルの床《ゆか》をふむトポの木ぐつの音をきいていた。ひとつのかべに、たいまつが五つずつ。明かりはそれだけなので、大集会所の中はかなり暗いのだが、ニコラスはもっと暗ければいいのにと思った。そうすれば、みんなから見られずにすむから。ニコラスはここから出たくてしかたなかった。テーブルの上の食べものが、もう何週間もキノコのほかは、ごくたまにラッカやコケモモを口にできただけの少年を、手まねきしているというのに。

ジンジャーブレッド。

あまいプラムスープ。

ジャム入りのペストリー。

ムスティッカ・ピーラッカ。

ノーシュがニコラスの手をにぎった。ノーシュの手は小さいが、指はほっそり長く、小さなするどいつめがついている。ノーシュはほかの多くの若《わか》いエルフと同じで、相手を見ただけで、その人がよい心の持ち主かどうかわかるのだ。ニコラスが人間で、人間の耳をしていても、おそれる必要のない相手だということは、これっぽっちもうたがっていない。ノーシュはニコラスを、あいている席にひっぱっていった。

そのテーブルにいたエルフの半分は、ニコラスが近づくとおびえてにげだし、おかげで空席がたくさんできて、席を選ぶこともできた。ノーシュとならんで腰《こし》かけたニコラスは、おいしそうなごちそうを目の前にして、エルフたちの目が自分にそそがれていることをしばし忘《わす》れた。テーブルの中央からプラムスープのボウルをとって一気に飲みほし、ジャム入りのペストリーを四ついっぺんに口におしこみ、ジンジャーブレッドの大きなのにとりかかったところで、向かいの席の女エルフがこっちを見て舌打《したう》ちしているのに気がついた。そのエルフは明るいブロンドの髪《かみ》を二本の三《み》つ編《あ》みにしていて、その三《み》つ編《あ》みがぴんと一直線に頭の両側につきだしている。

「あんたら人間にはここへきてほしくないね」女のエルフはにくにくしげにいった。「あんなことがあったわけだからね」

「この子はいい子だよ！」ノーシュがいった。「赤いぼうしをかぶってるでしょ。赤いぼうしをかぶってる人に悪い人はいないよ！　赤は『命と愛と夕日の色』だもん」

「あんなことって？」ニコラスがきいた。

「その子にかまうな、マザー・リリ」トポが口をはさんだ。「この子にはなんの悪意もない」

「悪意？　悪意だって？　へえ、悪意ね！　悪意がないわけがない。リトル・キップにきいてみればいいさ、こいつに悪意があるかないか。こいつは人間だ。悪意のない人間なんているもんか」

ほかのテーブルにいたいかめしい顔のエルフが、かんだかい声をあげた。「ファーザー・ヴォドルはおもしろく思わんぞ」

トポは少し考え、「そうかもしれんな、ファーザー・ドリン。しかし、わしらは善良《ぜんりょう》なエルフじゃ」とこたえて、ため息をついた。

ニコラスには、なにがなんだかわからない。

「リトル・キップってだれなの？」

たしか『デイリー・スノー新聞』の見出しにもその名前があった。

ニコラスが「リトル・キップ」の名を口にしたとたん、そのテーブルのエルフたち全員が食べるのをやめた。

「その口はとじておいたほうがいいぞ」トポがくぎをさした。

「あとひとつだけきいていい？」

「わしならだまってごちそうを食っとるがな。そうすりゃ、わしらは……」

トポがいいおわらないうちに、ひとりのエルフがむこうからやってきた。だれより背《せ》が高いが、それでも、すわっているニコラスと同じくらいの大きさだ。とんがった長い鼻。ひざまでとどきそうな黒いひげがチュニックをおおっていて、やむことなくふきすさぶ冷たい風にさからって進む人のように、ふきげんそうに顔をゆがめている。手には黒い木の杖《つえ》をにぎっている。ニコラスのテーブルに残っていたエルフたちは、顔をそむけるか、頭をたれるか、あるいはあわてて自分の皿をつつきだすかした。

「歌をやめい！」黒ひげのエルフがみんなに命じた。「歌なぞ歌うと、うかれたくなる。うかれさわげば、おろかなまねをする。前にもいったはずだ。そして、これが――」エルフはニコラスを指さした。「――その証拠《しょうこ》だ」

ニコラスも食べるのをやめて、ふきげんな黒ひげのエルフと目を合わせた。胸《むね》がドキドキしはじめ、おそろしさで全身が冷たいものにつつまれた。

エルフの
あらたなおきて

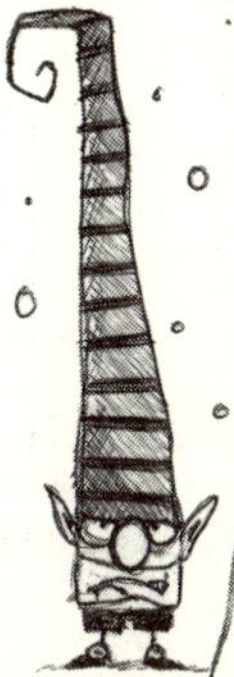

1. 身のほどをわきまえるべし

2. スピクル・ダンスをするべからず

3. 人前でおもちゃで
遊ぶべからず

4. 人が見ていても、いなくても、コマで
遊ぶべからず

5. いついかなるときも、
うかれさわぐべからず

6. もっとあれこれ心配すべし

7. 親切心を起こすべからず

8. 他人のためより自分のためを考えるべし

9. ピクシー、トロル、そのほかの
非《ひ》エルフ族の者と口をきくべからず

10. <u>いかなる場合も、ぜったいに、
人間をエルフヘルムに入れるべからず</u>

16 ふゆかいな出会い

「おお、ファーザー・ヴォドル！」トポが声をあげた。「すばらしいクリスマス・パーティーじゃな。それというのも、エルフ議会の長をつとめるおまえさんが――」

「クリスマスがなんだ！」ヴォドルがさえぎった。

大集会所が静まりかえった。ヴォドルはおどすような声でつづけた。「ファーザー・トポ、あんたにちょっと話がある。それと、そっちの人間にもな。会議室へいこう。いますぐに」

「会議室じゃと？」

ヴォドルは杖《つえ》で階段《かいだん》を指した。「さあ、ファーザー・トポ。ぐずぐずするな。トナカイのようにすばやく」

トポはうなずいた。そして、ノーシュに待っているようにいうと、ニコラスについてこいと合図した。ニコラスはいわれたとおりにしたが、大集会所の奥《おく》にある階段《かいだん》をのぼるのに身をかがめなきゃならないことが、なんだかおかしかった。上の部屋は天井《てんじょう》がものすごく低く、はりはさらに低い位置にあった。

トポたちについていくと、黒い服を着たふたりのエルフが立っていた。男のエルフだが、ひげがない。ふたりは、「会議室」と書いてあるとびらの前で番をしていた。会議室の中は、ニコラスの身長にはちょっときゅうくつだ。そこには長いテーブルがひとつあり、まわりにいすが二十ほどならんでいた。いすのひとつひとつに名前がほられている。

「とびらをしめろ！」と命じてから、ヴォドルはトポに向かって話しだした。

「あんたはこの前の会議に出てなかったのかね？」ヴォドルはトポの名がきざまれたいすを指しながらたずねた。

「いや、出ておったよ」

「ならば、エルフのあらたなおきてについては知っとるはずだ。人間をこの村に入れてはならん」

「いや、わしが入れたわけじゃない。わしゃ、みつけただけだ。この子とトナカイがたおれておるのをな。どっちも死にかけておったもんじゃから、わしは……わしは……」トポが急におどおどしはじめた。ヴォドルがトポの木ぐつをじっと見つめている。一秒もたたないうちにトポの体はうきあがり、宙《ちゅう》をただよいはじめた。

「わしがどうした?」ヴォドルがたずねた。ヴォドルとのあいだには距離《きょり》があるのに、トポは苦しそうにあえいでいる。体がさかさまになり、なにかにひっぱられるように、そのまま天井《てんじょう》に向かっている。ポケットからビスケットがこぼれおちた。口ひげが鼻のわきにたれている。

「やめて」ニコラスはたのんだ。「この人は悪くないよ。この人はただ――」そこで言葉がとぎれた。口が勝手にとじてしまったのだ。くちびるもあごも動かすことができない。ヴォドルは体こそ小さいが、つかう魔法《まほう》は強力だった。

「その子にちょっとばかり、希望の魔法《まほう》をつかったよ」トポが早口にいった。

ヴォドルのおでこが、怒《いか》りでまっ赤になった。「ドリムウィックを? 人間にか?」

さかさのまま、トポはうなずいた。「そうじゃ、ファーザー・ヴォドル。すまん。しかし、その子を救うにはそれしか方法がなかった。ドリムウィックは善良《ぜんりょう》な者にしかきかん。だから、安全だと思ったのじゃ。それに、リトル・ノーシュがいっしょじゃった。あの子の目の前で人間の子を死なせれば、とんだ手本を見せることになるとは思わんか?」

ヴォドルは、怒《いか》りでわなわなふるえている。「自分が何をしたかわかっとるのか? あんたはその人間に、持つべきではないものをあたえてしまったのだ。リトル・ノーシュには、リトル・キップの身に起きたことを話してやったんだろうな！」

ニコラスは口をひらこうとしたが、あごはいまだにびくともしないし、舌《した》は死んだ魚のようにだらりと口の中に横たわっている。

「いや。こわがらせたくなかったもんでな。あの子には、他人のいちばんよい部分を信じていてほしいのじゃ。相手が人間でもな。あの子はその人間の善良《ぜんりょう》な――」

ひげの上に見えているヴォドルの顔がどんどん赤くなっていく。イバラのしげみのむこうにしずもうとする夕日のようだ。部屋じゅうがヴォドルの怒《いか》りに共鳴しているみたいに、家具がガタガタとゆれた。「わしらの力は人間のためのものではない」

「たのむ」ファーザー・トポは必死なようすでいった。「以前を思いだそうじゃないか。このあいだまでのことを……わしらは

エルフだ。わしらはおのれの力をよいことにつかっておった。思いだしてくれ。おまえさんの新聞が、明るいニュースにあふれていたころのことを」

ヴォドルは笑った。「そうさ。『デイリー・スノー新聞』は明るいニュースでいっぱいだったよ。だが、いい話ばかりのせても新聞は売れん」

「じゃが、よいものはよいじゃろう！」

ヴォドルはうなずいた。「それは否定《ひてい》せんよ、ファーザー・トポ。わしらの力はよいことにつかうべきだ。だからこそ外の連中に、二度とこの村に立ち入らぬよう、はっきりつたえることが必要なのだ。わしらは目的意識《いしき》を持ち、団結《だんけつ》せねばならん。わしらの社会にとっては幸運なことに、ここではこの杖《つえ》の所有者がだれより強い力を持つ。つまり、わしだ。わしは民主的に選ばれて、この座《ざ》についた。わしがふさわしいと思うやりかたでこのエルフヘルムをおさめるためにだ」

トポはまだ空中でもがき、あえいでいる。「公正を期すならば、ファーザー・ヴォドル、当選できたのはおまえさんがデイリー・スノー新聞社の社長で、新聞をつかって選挙を自分の有利になるよう、みちびいたおかげでもある」

「出ていけ！」

ヴォドルがどなると、その意志の力に投げとばされたかのように、あわれなトポは窓《まど》からふっとんでいった。水音がして、ニコラスがあわてて外をのぞくと、トポは大集会所のそばの湖に落ちていた。だいじょうぶかどうかききたかったが、口はまだぴったりとじて、かたまっている。

「さて、人間よ、話してみよ。おまえはなぜここにきた?」ヴォドルがたずねた。

ニコラスは、怒《いか》りをみなぎらせたエルフをふりかえった。あごがあたたまってやわらかくなり、動きだすのを感じる。舌《した》もまた自由になった。「北のはてにいきたくて。さがしてるんです、ぼくの——」

「なにをだ?」ヴォドルはポケットから一匹のネズミをとりだした。「このネズミをか?」

ミーカはおびえきった顔でニコラスを見た。

「ミーカ、だいじょうぶ?」

「心配するな。ネズミなら歓迎《かんげい》だ。ネズミは悪さなどしな——」

ヴォドルがギャッと小さく悲鳴をあげた。ミーカがかんだのだ。

ミーカはヴォドルの手からとびだすと、ニコラスのもとへ走ってきた。ニコラスはミーカをひろいあげ、そっと胸《むね》のポケットに入れてやった。

「つまり、そいつのためにきたわけだな。だったら、もういけ。わしの前からうせろ」

「いえ、まだあるんです。ぼくは、父ちゃんをさがしにきたんです」

ヴォドルは目を見ひらいた。「なんでおまえの親父《おやじ》がここにいると思ったんだ?」ぞっとするような声だ。

「それは、北のはてを目指すといってたからです。父ちゃんはいつも、あなたたちはほんとにいるっていってたんだ。エルフがってことだよ。あなたたちはぜったいいると信じてた。だから、ぼくも信じることにしたんだ。とにかく、父ちゃんはここを目指して仲間と旅に出たんです。あなたたちがこの世に存在《そんざい》するっていう証拠《しょうこ》をみつけに――」ニコラスは声がかすれるのを感じた。ジンジャーブレッドのように、自分自身がぼろぼろとくずれてしまいそうだ。「でも、ここまでこられたかどうかは、わからないんだ」

ヴォドルはひげをひとなでした。「ふーむ。興味《きょうみ》深い話だ」その声はやわらいでいる。テーブルのまん中には、ジンジャーブレッドでつくったお菓子《かし》の家が置いてあった。ヴォドルはその屋根のはしっこを折ってかじった。それから、ニコラスのほうへやってきた。もっときかせてくれというように、笑《え》みさえうかべている。「おまえの親父《おやじ》というのは、どんなやつだ? 見た目はどんなふうだ?」

郵便はがき

料金受取人払

麹町局承認

7468

差出有効期限
平成30年3月
14日まで

1 0 2 8 7 9 0

108

（受取人）

千代田区富士見2-4-6

株式会社 西村書店

東京 出版編集部 行

お名前	ご職業
	年齢　　　　　歳

ご住所　〒

お買い上げになったお店

区・市・町・村　　　　　書店

お買い求めの日　　　　平成　　年　　月　　日

ご記入いただいた個人情報は、注文品の発送、新刊等のご案内以外は使用いたしません。

ご愛読ありがとうございます。今後の出版の資料とさせていただきますので、
お手数ですが、下記のアンケートにご協力くださいますようお願いいたします。

●書名

●この本を何でお知りになりましたか。
1．新聞広告（　　　　　　　　新聞）　2．雑誌広告（雑誌名　　　　　　　　）
3．書評・紹介記事（　　　　　　）　4．弊社の案内　5．書店にすすめられて
6．実物を見て　7．その他（　　　　　　　　　　　　　　　　）

●この本をお読みになってのご意見・ご感想、また、今後の小社の出版物についてのご希望などをお聞かせください。

●定期的に購読されている新聞・雑誌名をお聞かせください。
新聞（　　　　　　　　　　　　）　雑誌（　　　　　　　　　　　　）

ありがとうございました

■注文書　小社刊行物のお求めは、なるべく最寄りの書店をご利用ください。小社に直接ご注文の場合は、本ハガキをご利用ください。宅配便にて代金引換えでお送りいたします。（送料実費）

お届け先の電話番号は必ずご記入ください。　自・勤 ☎

書名	冊
書名	冊
書名	冊
書名	冊
書名	冊

「背《せ》は高いです。ぼくの倍近くあります。それから力持ちです、木こりだから。ちょっとくたびれたつぎはぎの服を着てて、そりをひいて、おのをかついでて、それから――」

ヴォドルの目が、また大きくなった。「これは好奇心《こうきしん》からきいてみるんだが、おまえの親《おや》父《じ》の手に指は何本ある？」

「九本と半分です」

ヴォドルがにーっと笑った。

「父ちゃんと会ったの？　父ちゃんは生きてるんですか？」ニコラスはすがる思いだった。

ヴォドルが、杖《つえ》を持っている手を上げた。すると、テーブルやいすがうきあがり、ドンと落ちて床《ゆか》を突《つ》きやぶると、パーティーをやっている広間に落下した。テーブルもいすもかろうじてだれにもあたらず、一階の床《ゆか》に激突《げきとつ》してくだけた。

一階にいたエルフたちはあっけにとられ、会議室に立っているヴォドルとニコラスを見あげた。ヴォドルは、みんなにきこえるよう声をはりあげた。

「つまりこういうことか。**おまえの父親は木こりのヨエルなんだな？**」

ニコラスは正直にこたえるしかなかった。「そうです」

一階のエルフたちはハッと大きく息をのみ、いっせいに話しはじめた。

「あいつの父親は木こりのヨエルだ！」

「あいつの父親は木こりのヨエルだ！」

「あいつの父親は木こりのヨエルだ！」

その瞬間《しゅんかん》、ニコラスは自分がまずい状況《じょうきょう》にいることを忘《わす》れてしまった。「父ちゃんはここへきたの？　北のはてまで、ほんとにきたの？　エルフヘルムに？　父ちゃんに会ったの？　父ちゃんは……父ちゃんはまだここにいるの？」

ヴォドルは自分が床《ゆか》にあけた穴《あな》のまわりを回って、息にまじるリコリスのにおいがわかるほど、ひげの下にうすい傷《きず》あとがあるのが見えるほど、近くにやってきた。「ああ、ぶじここまできたとも。あいつらのひとりだ」

「どういう意味、あいつらのひとりって？　父ちゃんになにかしたの？」

ヴォドルはすうっと大きく息をすって、目をとじた。おでこがぼこぼこと波打ち、まるで風にゆれる水面のようにふるえている。そして、ヴォドルお得意の大演説《だいえんぜつ》がはじまった。こんな具合にね。

「ああ、したとも。最初はやつを信用した。それは、エルフ議会の長として最大のあやまちだった。わしはここに暮《く》らすエルフたちの声に耳をかたむけた。だれにでも親切にしてやろうという声に。だが、前々からちょっと思っていたのだ。親切心というものは、見かたを変えれば、弱さでもある。他人に親切にしたいという気持ちは幸せから生まれるものであるから、この数週間というもの、わしはなるべく不幸せをふやそうと力をそそいできた。不幸せの価値というものはひじょうに過小評価《かしょうひょうか》されておる。とくにエルフの世界ではな。もう一千年ものあいだ、エルフは幸せに楽しく暮《く》らしてきた。きもしない客人のためにおくりものをつくりつづけてな。『歓迎《かんげい》の塔《とう》』まで建てたのだ。わしらはなんとばかだったのか！　そのうえ議会の長は、火曜日ごとに、いかにして客をもてなすかという歓迎戦略《かんげいせんりゃく》について話してきたわけだよ。**歓迎《かんげい》すべき相手など、おりもせんのにな！**」

　そこでヴォドルはひと息ついた。そして、かべにならんでいる肖像画《しょうぞうが》の一枚《まい》を指さした。金色の髪《かみ》を頭のてっぺんでおだんごにしたエルフが、満面にやさしげな笑《え》みをうかべている。

「マザー・アイヴィーだ。わしの前はこいつがエルフ議会の長をつとめていた。百七年ものあいだ、その座《ざ》についておったのだ。スローガンは『みんなに喜びと親切を』ときたもんだ！　まったくへどが出る。わしだけじゃない……長年のあいだに、少しずつだが、ほかの者も他人のために生きるのはまちがいだと気づきはじめた。そこで、わしは選挙に立候補《りっこうほ》したのだよ。『エルフはエルフのために』それがわしのモットーだ。そして、当選した。ちょろいもんさ。マザー・アイヴィーはもちろんわしの幸運を祈《いの》ってくれ、フルーツケーキをくれたり、フリースのくつ下を何足もつくってくれたりした。わしはあいつを平和の使者として森のトロルのもとに派遣《はけん》したんだが、一週間もしないうちにトロルに食われちまった。大きなタコができていた左足だけ残して、ぺろりとね。あとにして思えば、あいつはその役に向いてなかったのかもしれん。ちょっとばかし、お人よしすぎたからな」

ヴォドルは深いため息をついて、肖像画《しょうぞうが》を見あげた。

「気の毒なマザー・アイヴィー。だが問題は、ほかの生きものとわしらとはちがうという点を、あいつが理解《りかい》していなかったことにある。エルフはみんな、自分たちが生きものの中でいちばんすぐれているということを知っておる。それを自分からは口にせんだけだ。だが、わしもあまり極端《きょくたん》なことをするわけにはいかなかった。リトル・キップがさらわれるまではな。あの事件《じけん》後、わしはただちにやりかたを変えた。みんなのためを思って、エルフたちの暮《く》らしをもっとみじめなものにした。チュニックの色を指定し、テーブルにつくときも、色ごとにわかれてすわるようにした。スピクル・ダンスを禁止《きんし》し、一週間の賃金《ちんぎん》としてあたえるコインチョコレートの数を大はばにへらし、監視《かんし》なしでコマを回すこともやめさせた。わしの『デイリー・スノー新聞』には、毎日なるべくおそろしげな見出しをつけるよう努力した。スローガンは『親切にきびしく、親切を生むもとにもきびしく』に変えた。それがわしの自慢《じまん》だ」ヴォドルはくちびるをネコのしっぽのようにカーブさせ、にやにや笑いながら、ニコラスをにらみつけた。「だが、いちばん最初にしたのは、よそ者がこの村に入るのを禁ずること、そして、『歓迎《かんげい》の塔《とう》』を牢《ろう》に変えることだ……」

ヴォドルは大声で番兵を呼《よ》んだ。そして、「この人間を塔《とう》に連れていけ！」と命じた。

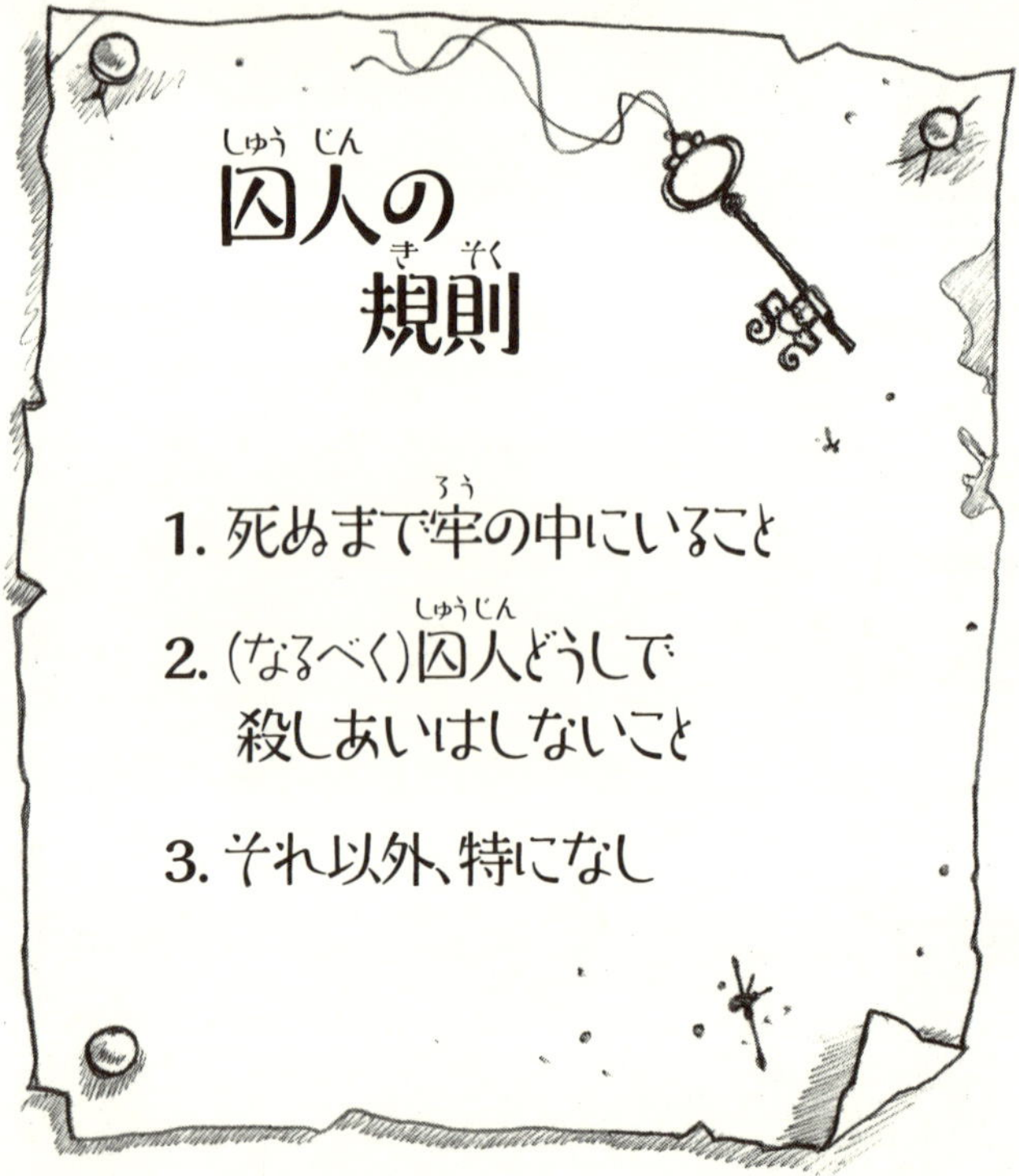
囚人《しゅうじん》の
規則《きそく》
1. 死ぬまで牢《ろう》の中にいること
2. (なるべく)囚人《しゅうじん》どうしで
殺しあいはしないこと
3. それ以外、特になし

17

トロルと真実の妖精《ようせい》

塔《とう》なら、大集会所にくる前に見ていた。背《せ》の高い、ほっそりとした円形の建物で、村の西側にある。ふたりの番兵にこづかれながら雪道を歩いていくと、塔《とう》は近づくにつれ高くなるように感じられた。ミーカがふるえているのが胸《むね》につたわってくる。「ぜんぶぼくのせいだ」ニコラスはそっと話しかけた。「おまえはにげたほうがいい。見てごらん。塔《とう》のむこうに木がいっぱいはえた丘《おか》があるだろ？　走っていって、あそこにかくれるんだ。あそこなら安全だから」

ミーカは丘《おか》のほうを見て空気のにおいをかぎ、そっちからふいてくる風に、かすかにおいしそうなにおいが――チーズのようなにおいがまじっているのに気がついた。

近くにいた番兵が、小さなおのをニコラスに突《つ》きつけ、「ぼそぼそしゃべるのをやめろ！」といった。

ニコラスは番兵たちが見ていないすきにポケットからミーカを出し、地面におろしてやった。「いまだ、ミーカ。いきな！」ミーカは、森木立《もりこだち》の丘《おか》と、チーズのにおいのするかわいらしい小さな黄色の家々に向かって、勢《いきお》いよく走りだした。

「おい」番兵のひとりがネズミを追いかけようとした。

「ほっておけ！」ファーザー・ヴォドルがとめた。「ネズミはにがしてもかまわん。人間のほうは、そういうわけにはいかんがな」

「さよなら、ぼくの友だち」

「だまれ！」ヴォドルがどなりつけた。今回、ニコラスの口をとじさせたのは、魔法《まほう》ではなく恐怖《きょうふ》だった。これほど自分をひとりぼっちだと感じたことはなかった。

塔《とう》——つまり牢獄《ろうごく》は、おそろしい場所だった。だが、階段《かいだん》の石のかべには、ここが「歓迎《かんげい》の塔《とう》」だった時代に書かれたすてきな言葉がそのまま残っていて、心がなぐさめられた。

「ようこそ」「顔つきのちがう異国《いこく》の民《たみ》も、みんな友だち」「人間にハグを」

青いチュニックを着た番兵のひとりが、ニコラスが張《は》り紙《がみ》を読んでいるのに気がついた。

「これがマザー・アイヴィーの時代なら、おまえにジンジャーブレッドを焼いてやり、スピクル・ダンスを見せなきゃならないところだが、いまはおまえをみじん切りにしたっていいことになってる。おれは毎晩《まいばん》泣きながらねむるし、心はまるで死んだようだ。しかし、社会は確実《かくじつ》によくなってる」

「前の社会のほうが、ずっとよさそうにきこえるけど」

「あれはまちがいだったんだ。村は親切と幸せとダンスであふれてた。なにかをおそれたり、よそ者をきらったりすることは重要とされていなかったんだ。だが、ファーザー・ヴォドルのおかげで目がさめたよ」

暗く長い階段《かいだん》をぐるぐるのぼり、ニコラスは塔《とう》のてっぺんにある牢《ろう》にほうりこまれた。あいにく、この塔《とう》は木じゃなくて石でできている。窓《まど》もないし、かべは濃《こ》い灰色《はいいろ》と黒のしまもようだ。かべにひとつだけ、たいまつがかかっていて、そのちらちら燃《も》える明かりのおかげで、だんだん目がなれてきた。ずいぶん体の大きなだれかが、小さなベッドで毛布《もうふ》をかぶっていびきをかいている。目のはしに、天井《てんじょう》のまん中にあいた小さな黒い穴《あな》がうつった。番兵がバタンと乱暴《らんぼう》にとびらをしめ、その音が大きくこだまして、ニコラスの全身に寒気《さむけ》が走った。

「ねえ！　出してよ！　ぼくはなにも悪いことしてないよ！」ニコラスはわめいた。

「シーッ！」だれかの声に、ニコラスはとびあがった。ふりむくと、黄色い服を着て、ゆらめくあわい光につつまれた、陽気な感じの生きものが、むじゃきにほほえんでいた。背の高さは一メートルもない。とんがった耳に長い髪。天使のような小さな顔は、ひとひらの雪のようにけがれなく繊細《せんさい》に見えるが、ほおはちょっとばかりよごれている。

「きみはエルフなの？」ニコラスは小声できいたが、ちがうだろうと自分でも思っていた。

「ちがうわ。あたしはピクシー。〝真実の妖精《ようせい》〟よ」

「真実の妖精《ようせい》？ それってなんなの？」

「あたしみたいな妖精《ようせい》よ。とにかく、静かにしてちょうだい。セバスティアンが起きちゃうじゃないの」

「セバスティアンって？」

「そこのトロルよ」ピクシーはすきとおるように白い指で、ちっちゃなベッドの上のごつごつした大きな生きものを指さした。トロルはちょうど目をさましかけ、おしりをぼりぼりかいている。

セバスティアンだなんてトロルにしては変わっ

た名前だと思ったが、ニコラスはだまっていた。このじめじめしてかびくさい冷たい部屋から二度と出られないんじゃないかと、気が気じゃなかったんだ。

「ぼくたち、いつここから出してもらえるのかな？」

「出られやしないわよ」

「うそでしょ？」

「あたし、うそはつけないの。だって、真実の妖精《ようせい》だもの。ほんとのことしかいえないのよ。そのせいでやっかいなことになるんだけど。それと、他人《ひと》の頭を爆発《ばくはつ》させるせいでね」

ピクシーは、いまうっかりいってしまったことを後悔《こうかい》したみたいに、口をおさえた。

ニコラスはまじまじとピクシーを見た。どう見ても、だれかに危害《きがい》をおよぼしそうな感じではない。

「頭を爆発《ばくはつ》させるって、どういう意味？」

ピクシーは、見せたくないのにどうしてもかくしておけないというようすで、ポケットから一枚《まい》の小さな金色の葉っぱをとりだした。「ヒューリップよ」

「ヒューリップ？」

「そう。あたし、あるエルフにヒューリップのスープを飲ませたの。そしたら、頭がふっとんだわけ。すっごくおもしろかったから、一生牢屋《ろうや》から出られなくても悔《く》いはないわ。ねえ、最後の一枚《まい》は特別な相手のためにとってあるのよ。あたし、頭がふっとぶのを見るの、大好きなの。やめらんないわ！」

ニコラスは鳥はだが立つのを感じた。こんなにかわいらしい妖精《ようせい》が殺人鬼《さつじんき》になるのだとしたら、ほんとうにもう希望なんてない。

「ぼくの頭がふっとぶところも見たい？」そうたずねたものの、こたえをきいて、ニコラスはすくみあがった。

真実の妖精《ようせい》は、なんとかうそをいおうとがんばった。

「そんなの、み、み、み、み、み……見たいわ！　見たくてたまらない！」そういってから、ピクシーは申しわけなさそうな顔で、「ごめんなさい」とつぶやいた。

ねているあいだに、ピクシーが口の中にヒューリップを突《つ》っこむかもしれないと思うと、心配だ。ニコラスは、全力をつくしてできるだけ長く起きていることを、そしてもし必要なら、この先ぜったいねむらないようにすることを、心に誓《ちか》った。

トロルがベッドの上でねがえりを打ち、目をあけた。

「おめえ、何者《なにもん》だ？」トロルがきいた。体は大きいが、動きはにぶくなく、ニコラスはあっていた。

という間に、がさがさでいぼだらけの手にのどをつかまれてしめあげられ、苦しさにもがい

「ぼくは……ぼく……ニコラスといって……子どもです、人間の」

「ニン・ゲン？　ニン・ゲンってなんだ？」

ニコラスは説明しようとしたが、首をしめられて息もできないし、かすかにガラガラとのどが鳴っただけだった。

「人間はあの山のむこうに住んでるのよ」ピクシーがかわりに説明してくれた。「南からやってくるの。とっても危険《きけん》なやつらだわ。頭が落っこちるまでしめあげてやりなさいよ」

ぎょっとしてピクシーを見ると、にっこりすてきな笑顔《えがお》をうかべていた。

「ごめんね。でも、だまってられなくて」

トロルはニコラスを殺そうかどうしようかと考え、やめることにした。「今日はクリスマスだからな」トロルはぶつぶつひとりごとをいった。「クリスマスに殺しは、縁起《えんぎ》が悪い」

「まだ十二月二十三日よ」ピクシーは親切に教えてやった。「やりたいなら、やったらいいわ」「今日はトロルのクリスマスだ。トロルのクリスマスは早くくる。クリスマスの日は、殺しちゃいけねえ……」

トロルはニコラスの首をはなした。

「そんなのおかしいわよ」ピクシーはため息をついた。「クリスマスといえば、十二月二十五日でしょ」

セバスティアンはニコラスを見おろした。「おめえは明日殺す」

「わかった」ニコラスは首をさすりながら、いった。「ひとつ楽しみができたね」

セバスティアンが笑った。「ニン・ゲンてのは、おもしれえな！　ニン・ゲンおもしれえ！　トムテグブみてえだ！」

「トムテ……なに？」

「トムテグッブはすごくおもしろい連中よ」ピクシーが教えてくれた。「それに、すばらしい音楽家なの。料理の腕《うで》はひどいもんだけどね」

セバスティアンは、ニコラスに感じよくすることに決めたらしい。なんたって、やっぱりクリスマスなのだ。「おれはセバスティアン。トロルだ。会えてうれしいよ、ニン・ゲン！」

ニコラスも笑顔《えがお》をつくり、トロルの顔を見つめたが、それは言葉でいうほどかんたんじゃなかった。セバスティアンはみにくい。歯は一本しかないし（しかもまっ黄色だ）、はだはくすんだ緑色で、ヤギの革《かわ》をぬいあわせたみすぼらしい服は悪臭《あくしゅう》を放っている。そして、体はものすごく大きい。息はくさったキャベツのようなにおいがする。
「あなたはどうしてここにいるんですか？」ニコラスの声が恐怖《きょうふ》にふるえた。

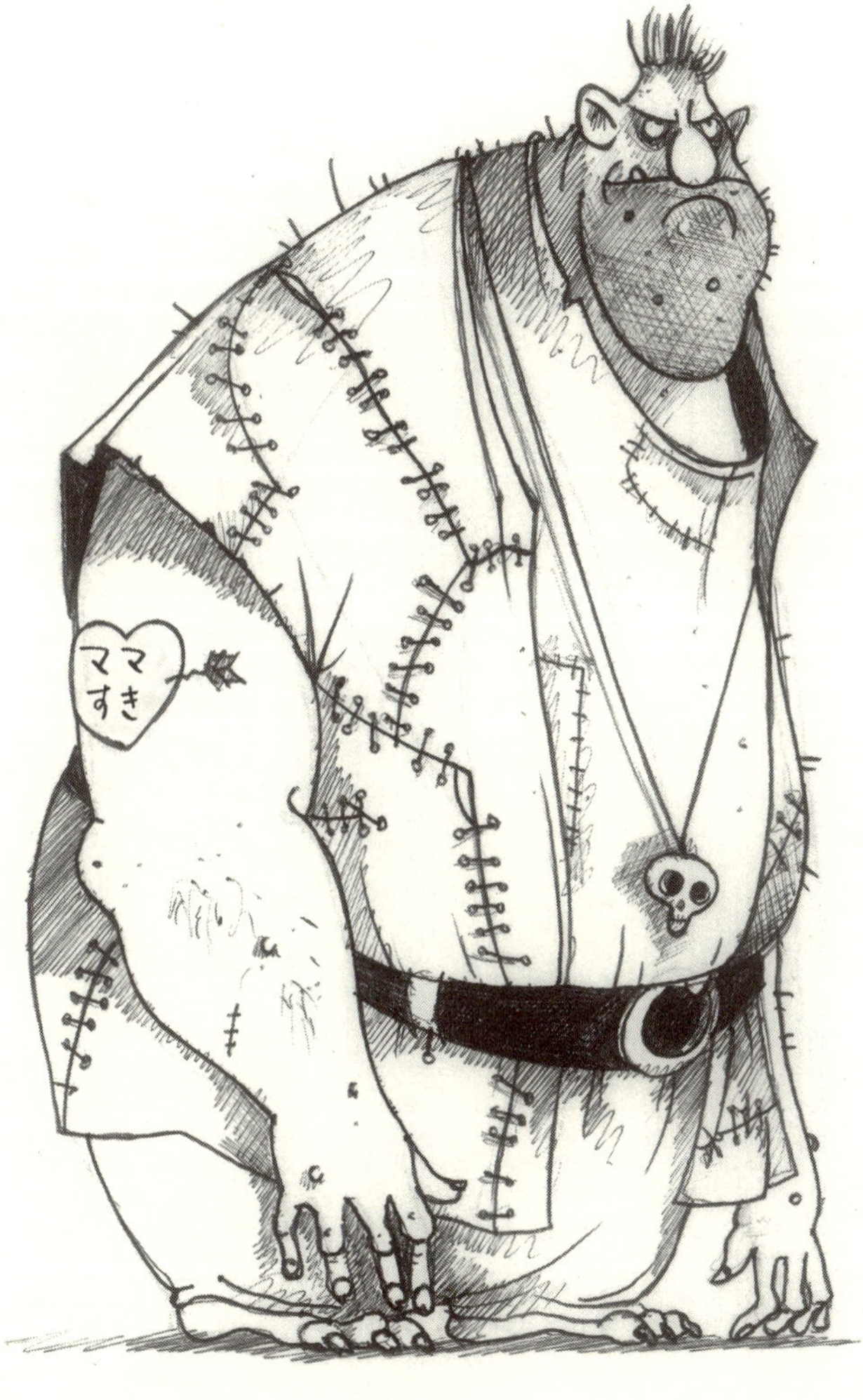

「トナカイをぬすもうとしたんだ。だが、やつらぁ、鳥みてえに空をとぶトナカイだ。そんで、空にとんでっちまった」

「トナカイは空なんてとばないよ」そういいながらも、ニコラスは広野《ひろの》にいたトナカイのドナーが走るとき、足が地面からういて、影《かげ》とのあいだにすきまができていたことを思いだした。

「あら、エルフのトナカイなら、とべるに決まってるじゃない。ドリムウィックがかかってるんだもの」

「ドリムウィック？」思いだした。ドリムウィック。トポとノーシュがニコラスとブリッツェンをたすけてくれたとき、その言葉のことをいっていた。それは魔法《まほう》の言葉だ。口に出していうだけで、体がほんわかしてきて、脳《のう》みそがお日さまにあたためられたハチミツにつつまれたような感じがするのだ。

「ドリムウィックは希望の魔法《まほう》よ。ドリムウィックをかけられた者には力がやどるの。たとえトナカイでもね」

「力って？」

「その人が持ってるいいものをぜんぶひきだして、強くするの。それを魔法《まほう》に変えるわけ。

その人がなにかいいことを願ったら、魔法《まほう》がそれをたすけてくれる。ほんと、つまらない魔《ま》法《ほう》だわ。いいことなんて、つまらないだけだもの」

　カルロッタおばさんがミーカを家からほうりだしたときのことが、頭にうかんだ。

「そんなことないよ。きみはまちがってる。世の中は……少なくともぼくのいた人間の世界はいやなことだらけだ。貧乏《びんぼう》や飢《う》えや悲しみ、いじきたない人や不親切な人が、そこらじゅうにあふれてる。プレゼントなんてもらったことない子もいっぱいいるし、晩《ばん》ごはんにキノコスープを何口か飲めるのがせいぜいで、それ以上口にできればラッキーって子もたくさんいる。そういう子はおもちゃなんか持ってないし、夜はおなかをすかせたままねむりにつくんだ。親のいない子もいる。ぼくのカルロッタおばさんみたいなおそろしい人と暮《く》らすしかない子もいる。そんな世の中じゃ、心がすさむのがあたりまえだよ。だから、もしどこかにいい人や親切な人がいれば、それ自体が魔法《まほう》なんだ。みんなに希望をあたえてくれるから。希望ってのは、この世でいちばんすばらしいものだよ」

　セバスティアンとピクシーは、だまってそれをきいていた。トロルはなみださえ流している。なみだがどす黒いしわくちゃの顔をつたって、ほこりだらけの石の床《ゆか》に落ち、小石に変わった。

「あたしの心が善良《ぜんりょう》ならよかった」真実の妖精《ようせい》は悲しげにヒューリップの葉に目を落とした。

「あたしがいい妖精《ようせい》なら、いまごろうちにいて、シナモンケーキを食べてられたのに」

「おれぁ、トロルでよかったよ。ニン・ゲンじゃなくてな」セバスティアンは頭をふりふり、ため息をついた。「なにより、おめえじゃなくてよかった。だって、おめえは明日になりゃ死ぬんだからな」

18

おそろしすぎる考え

ニコラスは、殺すとおどされたことや、首をしめてきたトロルのどす黒いいぼだらけの巨《きょ》大《だい》な手のことをなんとか忘《わす》れようとして、またピクシーのほうを向いた。ピクシーのこともまだちょっとこわいが、おそれていてもはじまらないことはわかっている。疑《ぎ》問《もん》のこたえをみつけるには、この牢《ろう》の中がいちばんだとも感じていた。「きみはなにか質問されたら、ほんとのことをいわなきゃならないんだろ？」

ピクシーは大きくうなずいた。「そうよ。あたしは真実の妖《よう》精《せい》だもの」

「だよね。うん。よし。わかった。だったら……ぼくの父ちゃんが生きてるかどうか知ってる？　父ちゃんも人間で、ってのはあたりまえだけど、名前はヨエルっていうんだ」

「ただのヨエル？」

「木こりのヨエル」

「うーん、木こりのヨエルねえ。おぼえがないわ」

「リトル・キップは知ってる？」

「リトル・キップね！　知ってる。エルフの男の子でしょ。きいたことあるわ。『デイリー・スノー新聞』の一面にのってた子よね。あれはエルフの新聞だけど、森木立《もりこだち》の丘《おか》のピクシーの中にも好きで読んでる連中がいるの。ヒューリップを食べて頭がふっとんだエルフの話がのってるかもしれないからね。料理のレシピも見るし。あと、ゴシップ記事も」

「キップの頭もふっとんだの？」

「ううん。あの子はさらわれたのよ」

「さらわれた？」

「犯人《はんにん》はピクシーでもトロルでもないわよ。さらったのがピクシーやトロルなら、こんな大事《おおごと》にはならなかったと思うわ。たとえトムテグッブのしわざでもね。ところが、今回はちがうの。さらったのは人間だったのよ」

ニコラスは背《せ》すじに寒気《さむけ》をおぼえた。「人間って、だれのこと？」

「さあ。男ばかり何人かいたようだけど。四十夜ほど前の話よ。そいつらが村にきたとき、エルフたちは大歓迎《だいかんげい》したの。ヴォドルはそいつらのために村の大集会所で盛大《せいだい》なパーティーをひらいてやったし、この村に好きなだけいていいともいってやったの。でもその晩《ばん》、連中は真夜中にエルフの子どもをさらってそりに乗せ、日がのぼるころには、すがたをくらましていたそうよ」

ニコラスはドキッとした。「そり？」

ニコラスは、完全に恐怖《きょうふ》にとりつかれていた。その場に立ったまま、どんどんどこかに落ちていくような気分だ。頭から父ちゃんのぼうしをとって、見つめる。トロルに殺されるよりおそろしい、エルフの牢《ろう》にとじこめられるよりおそろしい考えが頭にうかんだ。自分の父親がキップをさらった犯人《はんにん》のひとりかもしれないなんて。そんなことは口に出していいたくもないが、頭の中ではもう、そのうたがいがあることをみとめ、まちがいを正したいと思っていた。

まちがいを正し、すべてをあるべきすがたにもどしたいと。

ニコラスは、天井《てんじょう》の小さな暗い穴《あな》を見あげた。「ねえ、真実の妖精《ようせい》さん、あの穴《あな》はなんだか知ってる？」

「ええ、知ってるわよ。ここって、前は牢屋《ろうや》じゃなかったのよ。マザー・アイヴィーが村をおさめてたころは、『歓迎《かんげい》の塔《とう》』だったの」

「うん、ファーザー・ヴォドルからきいたよ」

「エルフは、いつだってお客が大好きだった。この塔《とう》にはあいそのいいエルフがいっぱいいて、村をおとずれる人みんなにプラム酒をふるまおうと待ちかまえてたの。お客なんてひとりもこなかったんだけど、そういう気持ちでいたわけ。ここはかまど部屋でね、ここで火をたいて、何マイル先からでも見えるようにしたのよ。エルフやピクシーや魔法《まほう》を信じる人たちがぶじにたどりつけるように」

「おれぁ、けむりが好きだ」セバスティアンが、しみじみいった。

「だからね、天井《てんじょう》にあいてる、あの穴《あな》は……」

「えんとつってこと？」

「そのとおり」

ニコラスは暗い穴《あな》を見あげた。片手《かたて》をのばしてジャンプすれば、たぶん穴《あな》のふちにとどくだろう。でも、そこからにげだすのは不可能《ふかのう》だ。穴《あな》はニコラスの体より小さかった。ピクシーでもあそこに体をおしこむのはむりだろう。

だが、トポはなんといっていた？

「不可能《ふかのう》というのは、ぼくがまだ理解《りかい》できていないだけで、ほんとは可能《かのう》なことなんだ」

ニコラスは思わず口に出していた。

「そうよ」真実の妖精《ようせい》がいった。「それが真実よ」

19

えんとつをぬけるには？

セバスティアンはまたいびきをかきはじめた。まるでバイクのエンジン音だ。もっとも、このころはバイクなんてまだ発明されてなかったから、ニコラスにはそんなことわかりゃしなかったけどね。それからすぐに、ピクシーもねむりについた。あいかわらずトロルがベッドを占領《せんりょう》してたから、妖精《ようせい》は床《ゆか》でまるまっていた。手にはヒューリップの葉をしっかりにぎりしめている。ニコラスはもうくたくただった。こんなにつかれを感じたことはない。クリスマス前はいつもわくわくしてぜんぜんねむれなかったけど、そんなときでもこんなにくたびれはしなかった。ねむらなきゃだめだ。でも、ピクシーは信用ならない。

ニコラスは腰《こし》をおろし、冷たくかたいかべにもたれて、えんとつを見あげた。部屋の外、ぶあつい木のとびらのむこうからは、セバスティアンのいびきのあいまに、番兵のエルフたちがぼそぼそ話す声がきこえてくる。

ここから出なきゃ。それぞれの理由でニコラスを殺したがってるふたりとおなじ部屋にいるからというだけじゃない。そう。ニコラスはここを出て、父ちゃんをみつけなきゃならなかった。父ちゃんが死んだとは思えなかったし、だとすれば、キップをさらったと思われる連中といっしょにいるはずだ。なにか誤解《ごかい》があったにちがいなかった。父ちゃんはそんな悪人ではないのだ。

なんとかして父ちゃんをみつけなければ。

リトル・キップを連れかえらなくては。

うたがいをはらさなきゃ。でも、どうやって？

ニコラスは母ちゃんが死んだ日のことを思いだした。茶色いクマからにげようとして井戸《いど》にかくれた母ちゃんは、水おけをつるしたくさりにしがみついていて、うっかり手をすべらせた。落ちていく母ちゃんの悲しげな悲鳴。ニコラスは家の窓《まど》から、恐怖《きょうふ》におののきながらその井戸《いど》を見ていたんだ。

その日、そして、それから何日も（正確《せいかく》にいえば、千と九十八日だ）、この先物事は悪くなる一方だとしか思えず、どうして母ちゃんのそばにいてあげなかったんだろうと、一生くやみつづけ、朝は泣きながら目ざめることになるのだという気がしてならなかった。ニコラスはあのとき、母ちゃんもいっしょに走ってるとばかり思っていたわけだから、しかたのない話なんだけどね。

ニコラスは、どうか母ちゃんがもどってきますようにと祈《いの》った。

父ちゃんはよくニコラスを母ちゃん似《に》だというが、ニコラスのほおはバラ色ってほどじゃないから、野イチゴをつぶしてほっぺたにぬりつけ、湖に顔をうつしてみた。ゆらめく水のおかげで、ほんとに母ちゃんが夢《ゆめ》の中からニコラスを見つめかえしてくれてるように思えた。

ニコラスはある日、父ちゃんが木を切ってるそばでこういった。「こんなことというのおかしいけど、ぼくもう、あの井戸《いど》がいっぱいになるくらい、なみだを流した気がする」

「母ちゃんはおまえに泣いてなんかほしくないと思うぞ。おまえに幸せでいてほしいと思ってるはずだ。楽しく暮《く》らしてほしいってな。あいつは、おれが知ってるだれよりも陽気なやつだったんだから」

つぎの朝、目をさましたニコラスは、もう泣いてはいなかった。泣かないって決めたんだ。いつものこわい夢《ゆめ》も見なかった。母ちゃんが井戸《いど》の中を、どんどんどんどん落ちていく夢《ゆめ》だ。ニコラスは、どんなおそろしいできごとがあろうと、たとえ最悪のことが起ころうと、世界が回るのはとめられないと気がついた。人生はつづいていくんだ。ニコラスは自分に誓《ちか》った。大きくなったら母ちゃんのようになろう。いきいきとした、ほがらかで、やさしくて、底ぬけに明るい人になろうってね。

そうすれば、母ちゃんは生きつづけることになると思ったんだ。


塔《とう》に窓《まど》はなかった。

とびらはあつい板とがんじょうな金属《きんぞく》でできている。番兵もいる。ニコラスは石づくりのじめじめした円形の部屋にいて、車輪のじくのように、身動きがとれなくなっていた。外には世界が広がっている。森と湖と山と希望の世界が。でも、その世界はほかの人たちのもので、ニコラスのものじゃない。出口はどこにもなかった。けれど、ふしぎなことにニコラスは悲しんではいなかった。たしかにちょっとはこわい。でも同時に、心の奥底《おくそこ》には希望があった。なんだかおかしくて、ひとりでに笑えてきた。

不可能《ふかのう》。

これこそトポのいってたことだ、とニコラスは気がついた。

そこが魔法《まほう》の大事なポイントじゃないか。不可能《ふかのう》なことをやるということが。

でも、ほんとに魔法《まほう》なんかつかえるんだろうか？

ニコラスはえんとつを――黒い小さな円を、見あげた。そこに気持ちを集中する。その暗いトンネルに、そして、どうしたらそこを通りぬけられるかということに。えんとつは井戸《いど》のようにまっ暗だ。井戸《いど》に落ちていく母ちゃんのことが頭にうかぶ。これまで何度となく、それとは逆《ぎゃく》の場面を思いえがいてきた。母ちゃんが井戸《いど》から上がってきて、生きかえるところを。

ニコラスは、この前、森であの茶色いクマを見たときのことも考えた。それほどこわくもなかったし、クマは自分からどこかへ消えていった。

むりだ、できっこないという声が、頭の中にずっときこえている。それでもえんとつを見つめていると、少しずつ希望がわいてきた。ニコラスは願いはじめた。大集会所にいた、あの元気のないエルフたちのことを考える。家を出て北へ向かった日の、父ちゃんの悲しげな顔を思いだし、カルロッタおばさんに寒い家の外でね

かされたことを思いだし、人間の不幸について考えた。そうでなくたっていいはずなのだ。

ほんとうは人間も、そしてたぶんエルフも、みんなよい心をもっているのに、ちょっと道を見うしなっただけなんだ。だが、いちばんいっしょうけんめい考えたのは、この塔《とう》からどうやってにげだそうかということだ。そのときふと思いだしたのは、どんなときも母ちゃんがにこにこして、笑い声をあげ、楽しそうにしていたことだ。

ニコラスはあのふしぎな感覚におそわれた。あったかいシロップが体に流れこんでくるような感じ。トポとノーシュにはじめて会ったときと同じだ。それは、なにがあっても打ちくだかれることのない喜び。希望がまったくないようなところにも存在《そんざい》する希望。気がつくと、ニコラスの体は少しずつ上へ向かっていた。

床《ゆか》からうきあがっている。ゆっくりと、だが確実《かくじつ》に、ニコラスはピクシーとセバスティアンがねている上の空間にのぼっていった。体全体が羽になったように軽い。頭が天井《てんじょう》にぶつかった。ニコラスには小さすぎるえんとつの暗い穴《あな》のそばだ。ニコラスははねかえって落ちていったが、床《ゆか》にはぶつからず、セバスティアンの上に着地した。

「もうクリスマスじゃねえぞ。クリスマスのつぎの日だ」セバスティアンが起きあがった。

「ようし、おめえを殺してやる」

このさわぎで、ピクシーも目をさました。「イェイ！」妖精《ようせい》はかんだかい声をあげた。「ほんというと、今日はクリスマス・イブだけど、それ以外は……イェイ！」

ニコラスはさっと動いて、ピクシーの手から金色のヒューリップの葉をもぎとった。それをセバスティアンの前に突《つ》きだしたが、歯が一本しかないこのトロルをあとずさりさせたのは、ヒューリップの葉じゃなかった。それは、ニコラスがまた空中にうかびあがったという事実だ。

「おめえは魔法《まほう》だな。おめえ、魔法《まほう》なら、なんでこんなとこでぐずぐずしてる？」

「ぼくも同じことを考えはじめたところさ」

「ちょっと！　いますぐおりてきて、あたしの葉っぱをかえしなさいよ」

「ぼくからはなれてろ」ニコラスはピクシーに向かって、できるだけこわい声を出した。

「うーん、それはほんとのとこ、むずかしいわね。だって、あたしたち、こんなせまい牢屋《ろうや》にいるんだもん」

そのとき、セバスティアンがニコラスの足をつかみ、床《ゆか》にひきずりおろそうとした。

「んー、わくわくする」ピクシーは、にかあっと笑って手をたたいた。「ハデなことは大好きよ！」

セバスティアンが、にぎった手に力をこめた。ごつごつした手は岩のようにかたい。

「はな……せ」そんなことをいってもむだだった。母ちゃんのすがたが目にうかぶ。上にのぼるんじゃなくて、落ちていく母ちゃん。その情景《じょうけい》が、トロルのばか力といっしょになって、魔法《まほう》のじゃまをした。がさがさしたものがニコラスの首をとらえ、しめつけてくる。セバスティアンのあいていたほうの手だ。ニコラスはあえいだ。

「息が……でき……ない……」

いきなり、首にかかっていた手がはずれた。

「考えてみたが――」セバスティアンはもっともらしくいった。「しめ殺すのはやめて、食っちまうことにしよう。おれにゃあ歯が一本しかねえが、それでじゅうぶんだ」

セバスティアンは口をあけ、がぶりとやろうとしたが、そこへニコラスがヒューリップの葉をおしこんだ。ピクシーは興奮《こうふん》して、パチパチ手をたたいた。

「おい！」とびらのむこうから、エルフの太い声がした。「中でなにをやってる？」

「なんでもありません！」ニコラスがこたえた。

「なんでもねえ！」セバスティアンもこたえた。

真実の妖精《ようせい》は口をおさえたが、あふれでる言葉をとめることはできなかった。「人間の子が空にうかんで、セバスティアンが人間の子を食べようとしたんだけど、そしたらこの子がヒューリップの葉をセバスティアンの口に突《つ》っこんだから、あたしはセバスティアンの頭が爆発《ばくはつ》するのをドキドキしながら待ってるとこよ」妖精《ようせい》は一気にまくしたてた。「かまど部屋で非常事態発《ひじょうじたい》

「緊急事態《きんきゅうじたい》だ！」とびらの外で、番兵のエルフがさけんだ。「かまど部屋で非常事態《ひじょうじたい》発生！」

セバスティアンがうしろによろめいた。エルフのカタカタという木ぐつの音が、塔《とう》のらせん階段《かいだん》にこだましている。とつぜん、トロルの顔がぶるぶるふるえだした。セバスティアンの顔が不安げにくもった。

「こりゃあ、どうなってんだあ？」

トロルのおなかがゴロゴロ鳴るのがきこえた。いや、ゴロゴロなんてもんじゃない。ガラガラよりもっとひどい音がしている。まるで雷《かみなり》だ。

床《ゆか》の上にもどって、ニコラスは、「ごめんね」とあやまった。

「爆発《ばくはつ》するわ！」ピクシーがキンキン声をあげた。「クリスマス・イブのスペシャルイベントよ！」

トロルの体からひびくガラガラよりもっとひどい音は、おなかからどんどん上に移動し、いまやトロルの頭からきこえていた。ほっぺたがぐにゃぐにゃにゆがんで、ゆれている。おでこがドクンドクンと脈打ちはじめた。くちびるが、みるみるはれあがっていく。耳も大きくふくらんでいる。かなりふくれあがっていた頭がさらに大きくなって、いまや肩《かた》はばをこえ、セバスティアンにはささえきれなくなっているというのに、そのあいだ、ピクシーはずっと手をたたいて大はしゃぎしている。

「すばらしい一発になるわ。予感がする！」

番兵がとびらの前についたらしい。ガチャガチャとかぎをさがす音がする。

セバスティアンがなにかいおうとしたが、舌《した》がスリッパみたいにでかくなっているせいで、なにをいってるのかぜんぜんわからない。「バーバーババババーバーバーバババー」そういって、セバスティアンは自分の頭をつかんだ。両目はすごい大きさになって、いまにもころがりおちそうだ。そして、ほんとに目玉がひとつポンッととびだして床《ゆか》に落ち、ニコラスのほうへころがってきた。床《ゆか》からこっちを見あげる目玉は、じつにぶきみだ。

真実の妖精《ようせい》は、ヒーヒー笑いころげた。「もう最高。ほんとは笑いごとじゃないんだけど。あたしってば、悪い子ね。悪いピクシー。でも、これって――」

とつぜん、妖精《ようせい》が真顔になった。「どうしたの?」と、ニコラスがきいた。

「ちびっちゃった」ピクシーはそういうと、またケラケラ笑いだした。

「そっちで何が起こってる?」外からエルフがどなった。

「まだあけてあげないわよ。これからいよいよ爆《ばく》――!」

その瞬間《しゅんかん》、ぱんぱんにふくれたセバスティアンの頭がぐしゃっと音をたてて、破裂《はれつ》した。むらさき色をしたトロルの血と灰色《はいいろ》の脳《のう》みそが、そこらじゅうにとびちる。かべにも、ピクシーにも、ニコラスの体にも。

「すっごーい!」ピクシーは大喜びだ。「ブラボー、セバスティアン!」

セバスティアンは返事をしない。れいぎ知らずだからじゃない。頭がないからだ。セバスティアンはいまや、頭をなくした体だけのトロルで、その体が前にたおれはじめていた。そっちにはピクシーがいる。だが、ピクシーはまだ大笑いしていて、それに気づいていない。ニコラスはとびついてピクシーを突《つ》きとばし、それと同時

にセバスティアンの体が床《ゆか》にたおれこんで、さっきはずれた自分の目玉を押《お》しつぶした。

「あたしの命を救ってくれたのね」ピクシーは、ちょっとばかりニコラスに恋《こい》したようだ。

「気にしないで」

ニコラスがこたえたとき、とびらのかぎが回る音がした。

ニコラスは目をつぶり、あせる気持ちをしずめようとした。かくごはできている。

「あんたならできるわ」真実の妖精《ようせい》がいう。

「できるかな？」

「もちろん」

とびらがあいたとき、ニコラスはまた、空中にうきあがっていた。

「おい！」番兵がどなった。

トポの言葉がよみがえってきた。ドリムウィックは希望の魔法《まほう》。目をとじて、ただ願えばよい。正しく願えば、それをかなえることができる。

何かを願う気持ちは、希望といっていいのかもしれない。いっしょうけんめい願いさえすれば、どんなことでもほんとうになるのかも。ニコラスはヴォドルが家具を動かしたときのことを考えた。強い意志《いし》さえあれば、えんとつだって動かせるかもしれない。

「ぼくにはできる」

「そうよ、やれる」ピクシーもはげました。

ニコラスは目をとじて祈《いの》った。なにも起こらない。えんとつはまったく動いていない。だが、きゅうに体があたたかくなってきた。全身に願いが満ちあふれる。いきなり、おなかの中がぎゅっとひっぱられるような感じがした。どこかに落ちていくような、あるいは、上にのぼっていくときのような。

胸《むね》がドキドキしはじめた。

目をあけると、あたりはまっ暗だった。ニコラスはえんとつの中にいた。

母ちゃんの声がきこえた。「ぼうや！　わたしのかわいいクリスマス！」

「母ちゃん、ぼく、母ちゃんのようになるよ！　みんなを幸せにする！」

えんとつが曲がり、ねじれ、広がり、ちょうどいい大きさになって、ニコラスはぐんぐん上へとんでいった。どこか下のほうから、真実の妖精《ようせい》の声がする。

「ほらね、いったとおりでしょ！」

そしてつぎの瞬間、ニコラスはすぽんとえんとつからとびだして、冷たい風を感じたかと思うと、ドスンと、でも痛《いた》みもなく、とんがった塔《とう》の屋根の上におりたっていた。

20 ブリッツェン、かけつける！

太陽がのぼってきた。天然のピンクやオレンジ色に空がそまる。今日はクリスマス・イブだ。塔《とう》の上から見るエルフヘルムは、小さくてなんの危険《きけん》もないおもちゃの村のようだ。

ニコラスは、両足をタイル張《ば》りの屋根からうかせようとしてみた。だが、だめだ。何も起こらない。おびえているせいかもしれない。番兵が塔《とう》の窓《まど》から、下の小道にいるべつのエルフにさけんでいるのがきこえる。

「たいへんだ！　人間の子がにげた！」

「その子なら、屋根にいるわ！」下にいるエルフがこたえた。大集会所のパーティーでニコラスの向かいにすわっていた、マザー・リリとかいう三《み》つ編《あ》みのエルフだ。

ニコラスは考えようとした。見おろすと、平原にトナカイが見えた。ブリッツェンもいる。遠くの、こおりついた湖のそばで草をはんでいるのが、小さく見える。

「ブリッツェン！」ニコラスはめいっぱい声をはりあげ、そのせいで村じゅうのエルフを起こしてしまった。「ブリッツェン！　ここだよ！　ぼくだ、ニコラスだよ！」

そのとき、大集会所から黒チュニックに黒ズボンのエルフの兵士が百人、あわててかけだしてくるのが見えた。雪の上にちらばったエルフたちは虫のようだ。ヴォドルのすがたも目に入った。大集会所の二階の窓《まど》から、兵士たちに命令している。体は小さくても、エルフたちは走れば速いのを、ニコラスは知っていた。あまり時間がない。

「ブリッツェン！」ブリッツェンが動きをとめ、こっちを向いたのが見えたような気がした。

「ブリッツェン！　たすけて！　たすけてくれなくちゃ！　きみはとべるんだよ、ブリッツェン！　とべるんだ！　ぼくらをすくってくれたあの魔法《まほう》は、トナカイをとべるようにしてくれるんだ！　と、べ、る、ん、だ、よ！」

こんなことしたってむだだ。あの山のむこうに世界が広がっていると知りながら山を見るのは、一種の拷問《ごうもん》だった。絶望《ぜつぼう》がどっとニコラスをおそった。たとえブリッツェンにいまの言葉が通じたとしても、ブリッツェンに空をとぶ力があったとしても、ブリッツェン自身が魔法《まほう》を信じなければ、空をとぶことはできない。

兵士が十人ほど平原にかけていって、トナカイの背《せ》に乗った。兵士たちは自分が乗ったトナカイの横腹《よこばら》を足でけってとぶようにうながし、トナカイをあやつって、ひとり、またひとりと塔《とう》の屋根に向かいはじめた。数秒後には、兵士を乗せたトナカイは、ふりしきる雪の中を疾走《しっそう》していた。

「ブリッツェン！」ニコラスはもう一度呼《よ》んだが、ブリッツェンのすがたは見えなくなっていた。いったいどこにいるんだろう？

兵士が乗ったトナカイはどんどん塔《とう》に近づいてくる。その一団《いちだん》は、宙《ちゅう》にうかんだ影《かげ》のようだ。ふと、黒い人影《ひとかげ》がひとつ、せまってくるのを感じた。あいつだ。まるで、太陽をさえぎる雲のようだ。その影《かげ》が頭に入りこみ、心を突《つ》きぬけていくように感じた。ニコラスを屋根から突《つ》きおとそうとしているみたいに。そのとき、ヴォドル本人のすがたが目にうつった。トナカイに乗り、兵士たちの先頭をとんでいる。ひげに雪がつき、顔は怒《いか》りでむらさき色になっている。その手におのがにぎられていることに、ニコラスはすぐ気がついた。長い黒い柄《え》の先で、おのの刃《は》がぎらついている。

「おまえの大事な父親が置いていったものだ！」ヴォドルがさけんでおのを投げつけ、ニコラスはあぶないところでかがみこんで、それをかわした。おのは円を描《えが》くようにとんで、ふたたびヴォドルの手にもどった。ヴォドルが、またおのをかまえた。乗っているのは、ドナーだ。ドナーは塔《とう》の屋根をぐるっと回りこんだ。

「あっちへいけ」ニコラスはいった。「おまえの思いどおりにはならないぞ」そして目をとじると、あたたかく明るいものが黒雲をおしのける感じがして、なにかがはじまった。足が宙《ちゅう》にういている。一瞬《いっしゅん》、雪が強くあたる気がして、まばたきして目をあけると、ヴォドルがいた。いきなりニコラスの体は屋根にたたきつけられ、タイルが何枚《まい》かはがれて、地面にすべりおちた。ニコラスもいっしょに落ちそうになったが、かろうじて屋根のはしにつかまった。下をのぞいてみる。エルフたちがおおぜい道に出て、上空のさわぎを見物しているのが小さく見えた。

「木こりのヨエルの息子《むすこ》をつかまえて！」白くかがやく髪《かみ》の、スノーフレークという名の女の子がさけんだ。

「木こりのヨエルの子を殺せ！」べつの声がした。〝いたずら者のピクルウィック〟と呼《よ》ばれているエルフだ。お手製《てせい》の望遠鏡で上のようすをのぞいており、自分自身の怒《いか》りのはげしさにおどろいている。「そいつの骨《ほね》を粉みじんにして、ジンジャーブレッドにふりかけてやれ！　よそ者《もの》をゆるすな！」

「よそ者《もの》をゆるすな！」スノーフレークがくりかえした。

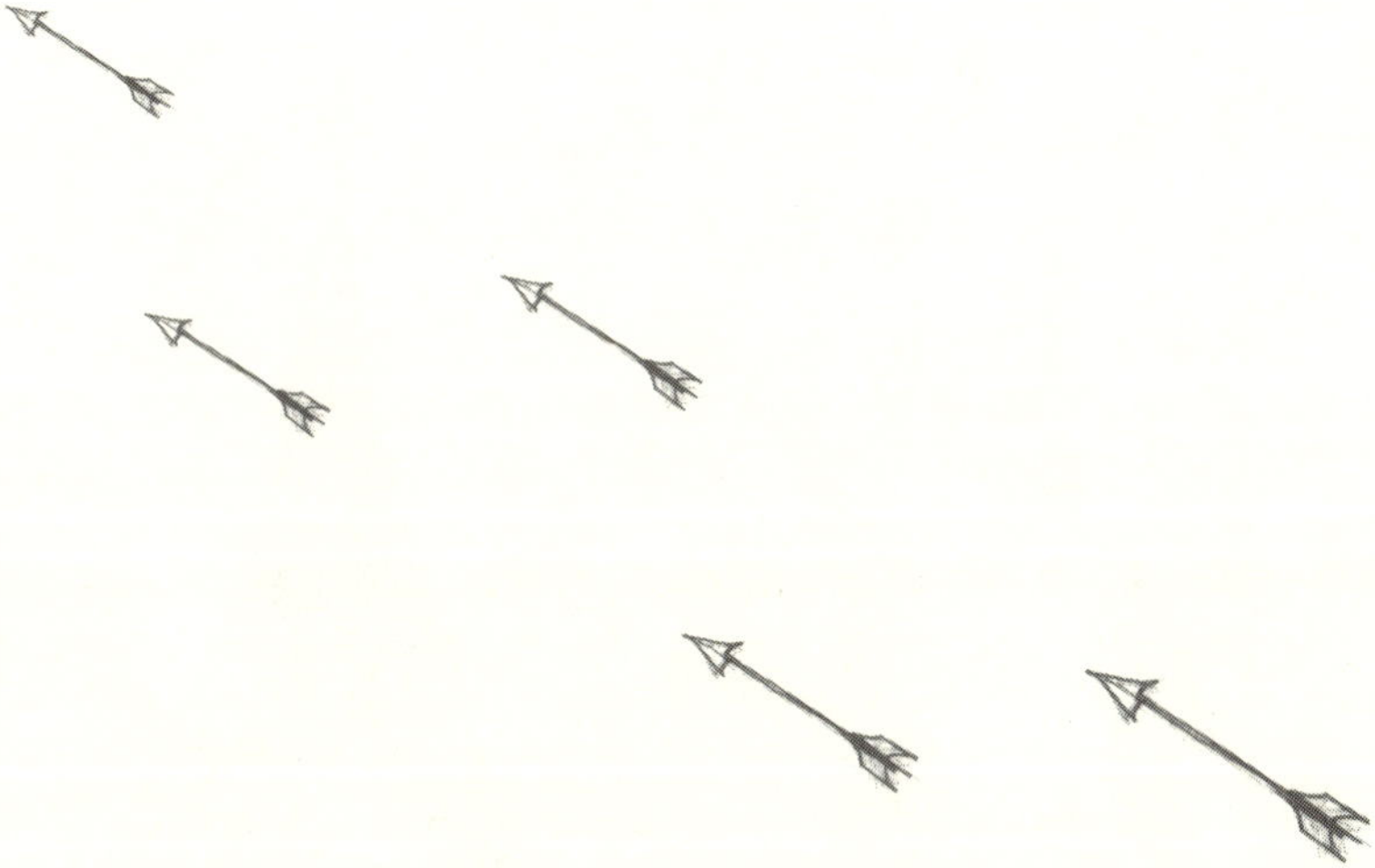

「よそ者《もの》をゆるすな！」全員が声を合わせた。「よそ者《もの》をゆるすな！　よそ者《もの》をゆるすな！　よそ者《もの》をゆるすな！」

いや、正確《せいかく》にいうと、そうわめいてたのは全員じゃない。中にひとつ、まっとうなことをさけんでいる声があった。とても小さく細い声だが、ベルのようによく通り、ニコラスのもとにもはっきりとどいた。

「やめてあげて！」その声はニコラスの耳に美しくひびき、希望をあたえ、孤独《こどく》を一気に消しさってくれた。声の主《ぬし》はリトル・ノーシュだ。

「やめるんじゃ！　わしらはエルフじゃろう！」ファーザー・トポの声もする。「思いやりはどこへいった？　目をさませ、わしらはエルフじゃ。こんなことをする生きものではなかったじゃろう?」

ニコラスは両肩《りょうかた》に焼けるような痛《いた》みを感じながら、冷たいタイルの屋根によじのぼった。そのとき、ひときわ大

きなトナカイが勢《いきお》いよくこっちに向かってくるのが目に入った。ほかのトナカイを追いこして、ぐんぐん近づいてくる。トナカイの目には、あの山をのぼったときと同じ決意が見えた。

「ブリッツェン！」

ヴォドルもブリッツェンに気がついた。

「撃《う》て！」ヴォドルが命じると、ひとりの兵士が雪の上にひざをつき、みごとなつくりの大弓をかまえた。いや、小がらなエルフの武器だから、「小弓」といったほうがいいかもしれない。そのエルフは歯でつるをひきしぼり、矢をつがえて発射《はっしゃ》した。黒いものがひとすじ、空を切ってとび、ニコラスの耳をヒュッとかすめていった。ヴォドルはいらだって大声をあげると、ブリッツェンめがけておのを投げつけた。おのはくるくる回りながらとんできたが、ブリッツェンはさっと身を低くし、頭を下げたので、おのはわずかにはずれ、つのの先をちょっと切りおとされただけですんだ。ニコラスはブリッツェンを見つめたまま前にかけだし、これ以上ないほど真剣《しんけん》に願いながら、屋根のはしをけってとんだ。目をとじ、さらに強く願う。そして、願いはかなえられた。ニコラスはブリッツェンの背中《せなか》に着地したんだ。

「やつらをとめろ！」ヴォドルが金切り声をあげる。

「いけ、いけ！」ニコラスの声にこたえて、ブリッツェンは信じられないようなスピードで宙《ちゅう》をかけだした。「南だ！　山のほうにいって！」

ブリッツェンは、とんでくるおのや、つぎつぎと放たれる矢をかわしながら、とぶように走った。わきあがる希望とかたい決意が、ふたりを夜明けにみちびくまで。

21
父ちゃんをさがしに

ブリッツェンはニコラスを乗せ、風を切って進み、雪をかぶったトウヒの森やこおった湖の上をとんでいった。どこを見ても白い大地と銀色の水の世界だ。人間の気配はどこにもない。クリスマス・イブを祝う楽しげなようすも見えなかった。空からながめる地上は、地図のようにのっぺりとして、動きひとつなく感じられる。びゅんびゅんとんでいるせいで、歩けばまる一日かかる距離《きょり》を、数分で進むことができた。風は冷たく、はげしかったが、ニコラスはたいして気にならなかった。じつのところ、ドリムウィックをかけられたときから、寒さはほとんど感じなくなっている。いや、ちょっとちがう。寒さに気づいてはいた。しかし、まったく気にならないのだ。ただ寒いというだけのことで。

ニコラスは心からほっとしていた。エルフたちからにげきることができたし、父ちゃんは生きているかもしれない。魔法《まほう》をつかって一気にこんなところまでこられたのもびっくりだし、すごくうれしい。しかも、いまは湖の半マイルも上をとんでいるのだ。おなかの底から笑いがこみあげてきた。「ワッハッハ」というよりは「ホッホッホー！」に近い。

母ちゃんの笑い声にちょっと似《に》た、陽気な笑いかただ。

ニコラスはブリッツェンの首に抱《だ》きついた。

「きみはほんとの友だちだ！　つののこと、ごめんね」

ニコラスがあやまると、ブリッツェンは走りながら、「かまわないさ」とでもいうようにくいっと頭を上げた。

ふたりは一本しかない道にそって、まっすぐ南に向かっていた。それは、わが家へ向かういちばんたしかな道だ。父ちゃんはもう家に帰ったのかな、とニコラスは考えた。きっと森で木を切っているはずだ。

夜明けからだいぶたって、あたりをおおっていた灰色《はいいろ》の霧《きり》も晴れると、うたがいがまたニコラスの頭の中にしのびこんできた。ほんとに父ちゃんがリトル・キップをさらったんだとしたら、どうしよう？　ニコラスはその考えをふりはらった。大好きな父ちゃんが、そんなまねをするわけがない。だって、ありえないじゃないか。そうだろう？

重い心で、ニコラスは決めた。家に帰る前にやらなきゃならないことがある。キップをみつけなければ。真実をたしかめないと。エルフたちに、父ちゃんはいい人だと証明《しょうめい》してみせなくては。きっと、なにかわけがあるにちがいないのだから。

キップはたぶん、ニコラスみたいに家出しただけなんだ。その子をみつけさえすれば、なにもかもはっきりする。

そう考えて、ふたりはさらに先へととびつづけた。キップのすがたが見えないかと、森の上はなでるように低くとび、野や、どこまでもつづくかに見える平原の上は高くとんだ。ただ、町の上だけはさけることにした。空とぶトナカイが男の子を乗せて上空にあらわれたら、町の人がどんな反応《はんのう》をするかわからないからだ。だが、ときどき人間を見かけることはあり、ブリッツェンはそれを喜んだ。

ニコラスもいまになって知ったのだが、ブリッツェンにはユーモアのセンスがあった。そしてどうやら、人間におしっこをかける遊びをかなり気に入ったらしい。おしっこをできるだけ長くためておいて、下に人影《ひとかげ》が見えると、やるわけだ。シャーッてね。ところが、やられたほうはただ、雨かなと思うだけなのさ。

「ちょっと、ブリッツェン、いまのはあんまりいいクリスマス・プレゼントじゃないよ！」

そういいながらも、ニコラスは笑わずにいられなかった。

速くおそく、高く低く、北へ東へ南へ西へ、ふたりは旅をつづけたが、結果はえられなかった。ニコラスは希望が失われていくのを感じた。結局、このまま家に帰るべきなのかもしれない。ニコラス自身もひどくつかれを感じだしたし、ブリッツェンはなおさらだろう。雪もまたふりはじめた。

「ブリッツェン、もう夜だから休もう」それからすぐ、西のほうにマツの森が見えた。「あそこにおりて、どこか雪をしのげる場所をさがそうよ」

いつでもすなおにニコラスのいうことをきくブリッツェンは、西に向きを変えると、少しずつ高度を下げていき、頭に雪をかぶったマツの木のあいだをぬうようにとんだ。すると、谷をひとつこえたところに、ちょっとひらけた場所をみつけた。

「おかしなクリスマスになりそうだ」とニコラスは思った。

ふたりは、高くそびえる木々にかこまれた小さな空き地におりたった。マツの枝《えだ》が、頭上を屋根のようにおおっている。ふたりは背中《せなか》どうしをくっつけて横になった。そして、夢《ゆめ》も見ないねむりに落ちていこうとしたとき、ニコラスは物音をきいた。

小枝《こえだ》が折れる音。

人声。

男の声だ。

ニコラスは起きあがり、耳をすました。あたりはもうまっ暗だったが、ゆっくりと話す力強い男の声には、ききおぼえがある。ニコラスははっとした。

父ちゃんをたずねてきた男。狩人《かりゅうど》のアンデシュだ。

「ブリッツェン、父ちゃんたちかも。ここで待ってて」ニコラスはそうささやくと、立ちあがり、かわいた地面の上をそっと足音をしのばせて歩いていった。

金色やオレンジ色の明かりが見える。光はどんどん明るくなっていく。たき火だ。いくつもの影《かげ》が黒い幽霊《ゆうれい》のように動いている。さらに近づくと、大きな人影《ひとかげ》がずらっと火をかこんですわり、なにか話しているのが見えた。声はさっきよりもはっきりときこえる。

「あと数日でトゥルクだ。新年までには着けるぞ！」と、だれかの声。

「一週間後には、国王陛下《へいか》におれたちからささやかなおくりものをさしあげてるわけだ！」

べつの声がいった。

「その前にうちへ帰れると思ってたんだが」ニコラスが世界じゅうのどの声よりもよく知っている声だ。きいた瞬間《しゅんかん》に、胸《むね》がドキッとした。不安と愛情《あいじょう》が全身をどっとかけぬけていく。思わず「父ちゃん」と大声をあげそうになったが、なにかがそれをじゃました。ニコラスは夜のひそやかさの中で、静かにじっと待っていた。

「いや。約束したろう。新年までにあれを王さまのもとにとどけなきゃなんねえ」

息が苦しい。心臓《しんぞう》がドクンドクンと大きく鳴っている。それでも、なんとかして心を落ちつける必要があるとわかっていた。森になるんだ。

「だが、息子《むすこ》との約束じゃ、もうとっくに家に帰ってなきゃならないんだ」

「どっちの約束が大事かってことさ！　国王との約束か、息子《むすこ》との約束か！」

笑い声が森じゅうにひびき、木々のあいだをこだまして、あたり一帯からきこえてくるように感じられた。おどろいた鳥たちが、けたたましく鳴いて、いっせいに枝《えだ》からとびたつ。

「おい、声が大きいぞ」男たちのひとりがいった。「やつが起きちまう」

「それなら心配いらねえよ。エルフってのはねむりが深いもんだからな！」

胃ぶくろがうきあがるような感じがした。まるで、どこかに落ちていくときのように。はきそうだ。このままたおれるかもしれない。

「なにを気にしてる？」アンデシュの声だ。「しょせんやつはおりの中だ。あいつが勝手にどこかにいくとでも思ってんのか？」

ほんとだったんだ！

ニコラスは木々のむこうに目をこらした。男たちがかこんでいるたき火から少しはなれた空き地のはしに箱形のおかしなものがある。エルフの子のすがたは見えないが、きっとそこにいるはずだ。男たちは話をつづけている。

「金《かね》のことだけ考えようぜ、ヨエル。もう二度とクリスマスの心配をしなくてすむんだ」

「大金《たいきん》だな」

「その金《かね》でどうする？　クリスマスになにを買うつもりだ？」

「おれは農場を買う」

「おれはその金《かね》をただながめていたい」そういったのは、ニコラスはまだ知らないが、アートゥと呼《よ》ばれている男だ。アートゥは、やけにでかい頭をしているが、中に入っている脳《のう》みそはちっぽけだ。髪《かみ》の毛もひげももじゃもじゃで、しげみの奥《おく》からこっそり外をのぞいているように見える。「そして、心ゆくまでながめたら、トイレを買う」

「トイレ？　トイレってなんだ？」

「新発明さ。うわさできいたんだ。王さまは持ってるらしいぜ。魔法《まほう》のおまるだよ。おれみたいな腹《はら》の調子だと、ありゃあきっといい発明品だろうよ。それから、とびきり気のきいたろうそくを買うんだ。おれはろうそくってやつが好きでね。赤くてでっかいのを買うつもりだ」

男たちはそのあと、声を落としてぼそぼそ話しだした。いまだ。ニコラスは地面に手とひざをつき、まつぼっくりをよけつつ、落ちついて呼吸《こきゅう》しながらゆっくりはって進みだした。木々のあいだをぬうように回りこみ、男たちとはつねに安全な距離《きょり》をとるように気をつけた。

ついにおりのところまでたどりついた。おりは木でできていて、がんじょうなそりの本体にロープでしっかりしばりつけてある。きれいにぬられたそりだ。背《せ》の部分に「クリスマス」とほってある。ニコラスのそりだ。おりの中には小さなエルフの男の子がまるまっていた。ノーシュが着ていたのと似《に》たようなチュニックを着ている。年ごろもノーシュと同じくらいだ。茶色いまっすぐな髪《かみ》をしていて、耳はエルフの中でもめだつくらい大きいが、鼻は小さい。左右にはなれた目はいまとじているが、口もとはさがっていて、不安げに顔をしかめている。

ニコラスは、短いあいだだが自分自身がとらわれの身になっていた、あのおそろしい時間を思いだした。おりの前に立ち、どうすればいいか考える。方法はひとつだ。一方は木々にふさがれているから、通れそうなのはもう一方だけ。こわくて体がふるえたが、ともかく、父ちゃんやほかの男たちがぐっすりねむりこむのを待つしかない。

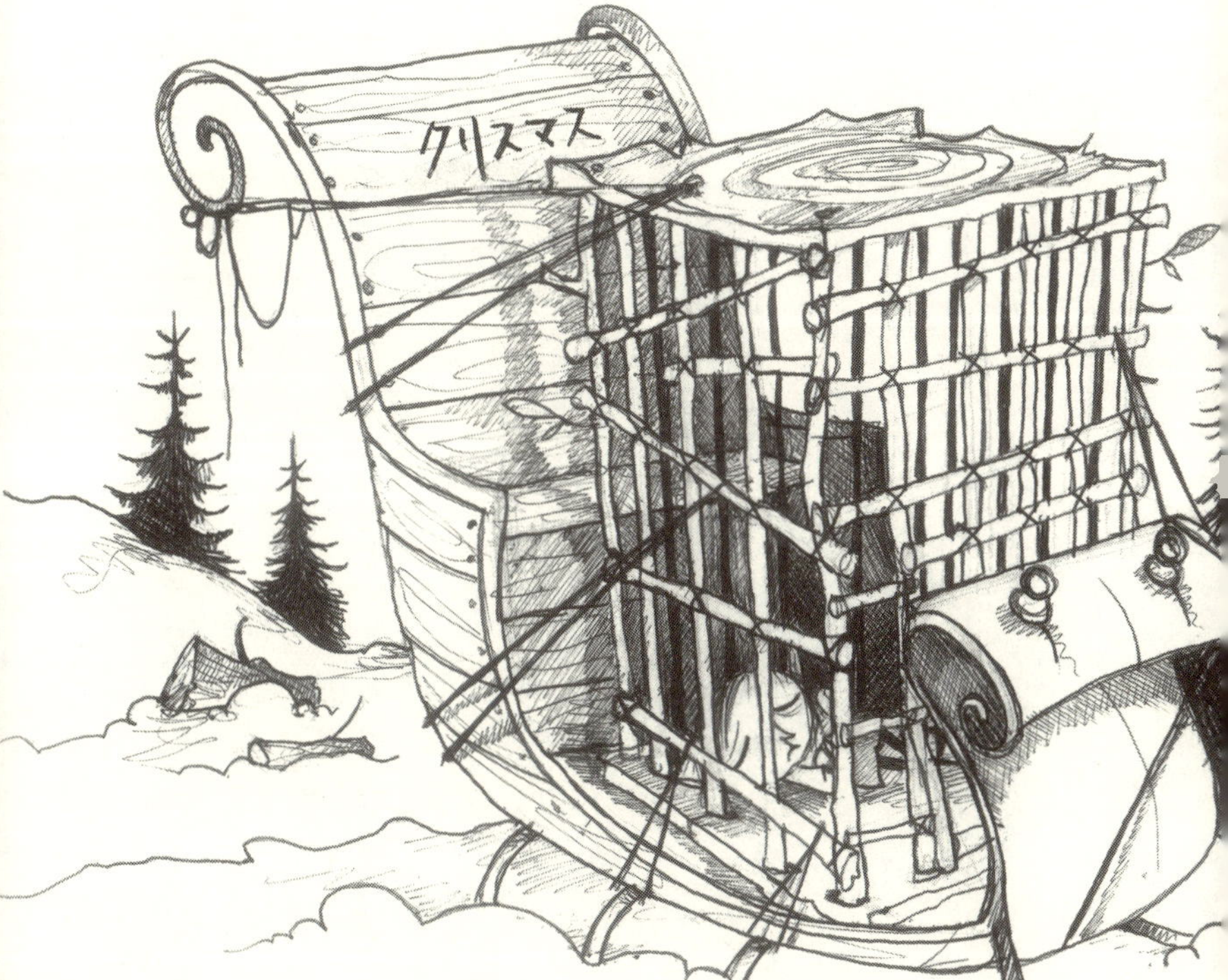
クリスマス

キップが目をあけて、まっすぐニコラスを見た。いまにもさけびだしそうな顔だ。

「シーッ」ニコラスはくちびるに指をあて、そっといった。「きみをたすけにきたんだよ」

キップはまだほんの小さな子どものエルフだったから、ニコラスのことなど知らなくとも、人の胸《むね》の奥《おく》にあるよい心をみつける力を持っていたし、ニコラスのひとみにやどるやさしさを見ぬくこともできた。

「ぼく、こわい」エルフの子はエルフの言葉でいった。

でも、ニコラスにはちゃんと通じた。「だいじょうぶだよ」

「ほんと?」

「んー、いや、いまはまだ、だいじょうぶじゃない。けど、もうすぐ……」

そのときいきなり、ぞっとするようなけわしい声がした。「クリスマス、おめでとう」

ふりかえると、さっきたき火のまわりにいた、耳あてつきの毛糸のぼうしをかぶった、背《せ》の高いやせた男が顔をしかめて立っていた。クロスボウという強力な弓に矢をつがえて、ニコラスをねらっている。

「おまえはだれだ? いわないと、死ぬことになるぞ」

22
エルフの子ども

「み、道にまよっただけなんだ」ニコラスはつっかえながらいった。「べ、べつになにかしようってわけじゃないから」

「おい！」男が声をあらげた。「おまえはだれだときいてんだ。もう真夜中だぞ。なにかたくらんでるだろう。いわなきゃ、この矢をぶちこんでやる」

ほかの男たちの声がした。目をさまし、混乱《こんらん》したようすで言葉をかわしている。

「名前はニコラス。ぼくは……ただの子どもだよ」

「子どもがこんな夜中に森ん中をうろついてたっていうのか！」

「やめて、やめて、やめて」と、キップがいった。いや、もしかすると、「やめて、やめて、やめて、やめて」かも。どっちみち、ニコラス以外の人間の耳には「キーバム、キーバム、キーバム」って感じにしかきこえなかったけどね。

そのとき、足音がして、ききおぼえのある声がいった。「こいつなら知ってるぜ」アンデシュがぬっとニコラスの前に立った。「ヨエルの息子《むすこ》だ。クロスボウをおろしな、トイヴォ。こいつは悪さをしにきたわけじゃねえ。そうだよな、ぼうず?」

あらたな人影《ひとかげ》が見えた。残りの者たち、つまり男五人が、こっちに歩いてきた。

父ちゃんが口をひらいた。「ニコラスか? おまえなのか?」信じられないという声だ。

父ちゃんの顔をのぞきこんだニコラスは、おそろしくなった。ひげをはやしていたせいかもしれない。べつに理由があったのかもしれない。父ちゃんの目、見なれたその目が、いまは暗く、遠くに見える。知らない人の目のようだ。ニコラスはショックで、これだけいうのがやっとだった。

「そうだよ、父ちゃん。ぼくだよ」

父ちゃんはニコラスにかけより、抱《だ》きしめた。あんまりきつく抱《だ》きしめるので、あばら骨《ぼね》が折れるんじゃないかという気がしてきた。ニコラスも父ちゃんを抱《だ》きしめ、やっぱり父ちゃんはいままで思ってたとおりのいい人間だと考えようとした。ひげがあたって、ほっぺたがちくちくする。それがなんだかうれしくて、ほっとした。

「おまえ、こんなところでなにやってんだ?」その質問《しつもん》には、どことなくさしせまった感じがあった。

なんとこたえたらいいかわからない。ニコラスはこまったときはこうしなさいと、母ちゃんから教わったとおりにした。深呼吸《しんこきゅう》し、ほんとのことをいったのだ。「カルロッタおばさんとはうまくやってけなかった。だから、父ちゃんをさがしに出たんだよ。それで、北のはてをめざして、エルフヘルムまでいって……エルフに牢屋《ろうや》に入れられた」

父ちゃんの表情《ひょうじょう》がやわらぎ、目もとがしわくちゃになった。ニコラスの見なれた父ちゃんの顔だ。「ああ、ニコラス、かわいそうに！　いったいなにがあったんだ？」

「エルフがぼくを塔《とう》にとじこめたのは、人間を信用しなくなったからなんだ」

ニコラスはおりの中で手足をくさりにつながれているエルフを見、ふりかえって、月明かりに照らされて立っている、ほかの六人の男を見た。男たちに、あっちへいけといいたくてたまらなかった。父ちゃんを信じたかったし、みんななにかのまちがいで、ただの誤解《ごかい》であってほしいと、いまも思いつづけていた。

「そうか」といってニコラスをはなし、立ちあがった父ちゃんは、とてもまじめな顔をした。「おまえにいわなきゃならん。これまで、エルフは親切で陽気なやつらだと話してきたが、あれは……あれは単なる言い伝えだ。おれもはじめて知ったんだが、やつらはおれたちが思ってたような連中じゃない」

ニコラスは、おりの中からすがるようにこっちを見ているキップに目をやった。キップはおそろしさに声も出ないようだ。ニコラスは、うらぎられた気がしてしかたなかった。これまで信じてきたことのぜんぶがうそだったように思える。「エルフをさらいにいくなんていわなかったじゃないか。エルフヘルムが存在《そんざい》する証拠《しょうこ》をみつけにいくっていったよね?」

「そうさ」父ちゃんは、いっしょうけんめい正直に話そうとしているように見える。「生きたエルフってのは、なによりの証拠《しょうこ》じゃないか」

「でも、うそついたんだよね」

「うそじゃない。どんな証拠《しょうこ》をみつけることになるか、そのときはまだわからなかったんだ。おまえにいわなかったことがあるってだけのことさ」

ニコラスは、暗く静かな森に立っておどすようににらみつけてくる、体の大きな悪党《あくとう》どもに目を向けた。「あの人たちが、父ちゃんにこんなことさせたの?」

最初はアンデシュが、つづいてほかの男たちがげらげら笑いだし、その声が森にひびきわたった。

父ちゃんの顔がくもった。「いや、だれにやらされたわけでもないよ」

「ヨエル、教えてやれ」アンデシュがいった。「なにがあったか、ほんとのとこをきかせてやりゃあ、いいじゃないか」

父ちゃんはうなずき、落ちつかないようすでニコラスを見た。そして、ゴクッとつばをのみ、こういった。「いいか、ニコラス、じつをいうと、おれの提案《ていあん》なんだ。あの晩《ばん》、アンデシュがうちにきたとき、おれはいったんだ。生きたエルフをつかまえて王さまのとこに連れていけりゃあ、それがいちばんの証拠《しょうこ》になるってな」

ニコラスは、いまきいたことが信じられなかった。その言葉はニコラスに突《つ》きささり、傷《きず》口《ぐち》に塩をすりこんだような痛《いた》みを味わわせた。まさか子どもをさらったのが、自分の父親だなんて。ふつうはみんな、何年もかけてゆっくりおとなになる。けれど、ニコラスは、このしんとした森に立ったまま、一瞬《いっしゅん》にして子ども時代を失った。父親が自分の思っていた人間じゃないと知ることほど、短い時間で人をおとなにするものはない。

「どうしてそんなことができるの？」

父ちゃんはため息をついた。長いため息だ。「金《かね》になるんだよ、ニコラス。三千ルーブルだぞ。それだけありゃ、牛が買える。それか……ブタだって。来年はすごくいいクリスマスがむかえられるはずだ。おれやカルロッタが一度も経験《けいけん》したことがないようなクリスマスだ。おまえにおもちゃだって買ってやれる」

「トイレでもいいぜ！」アートゥがもしゃもしゃのひげの奥《おく》から声をあげた。

父ちゃんは、脳《のう》みそのちっぽけな友だちを無視《むし》して、つづけた。「馬を一頭と新しい荷馬車を買うこともできる。それに乗って町へいきゃあ、おれたちは注目の的さ。みんな、おれたちをほれぼれと見て、たいした金持ちだとうらやましがるんだ」

怒《いか》りがふつふつとわいてきた。「どうして？　ぼくはみんなをうらやましがらせたいなんて思わないよ！　みんなに幸せになってもらいたいんだ！」

父ちゃんは仲間の男たちをふりかえった。みんな、まちがいなくこのやりとりをおもしろがっている。父ちゃんはいらだって顔をしかめ、ニコラスに向きなおった。「おまえはもっと世の中のことを知らなきゃならん。おまえは子どもで、おれはおとなだ。おれは世の中を知ってる。みんな自分のことしか考えちゃいねえんだ。だれも人のめんどうなんか、見ちゃくれない。自分のめんどうは、自分で見なきゃならねえんだよ。だから、おれもそうしてるんだ。わかるか？　だれもおれにやさしくしてくれたことなんかない。おれにプレゼントをくれるやつもいない。毎年、クリスマスにゃ泣いてたよ。なにひとつもらったことがなかったんだからな。ほかの子は、少なくともひとつは親からもらってた。だが、おれとカルロッタには、なにもなかった。でもな、今度のおまえの誕生日《たんじょうび》、来年のクリスマスには、おれはおまえのほしいものをなんでも買ってやれる」

ニコラスはもう一度おりを見て、ロープを見た。「ぼくはあのそりがあれば幸せだった。父ちゃんとミーカがいてくれるだけで幸せだった。あのカブ人形があれば、幸せだったんだ！」

「来年のクリスマス、おまえはきっとおれに感謝《かんしゃ》するよ。今年はむりだがな。もうまにあわない。だが、来年だ。おまえにもわかる。約束する」

「いや、いやだ」その言葉を発したとたん、心のかぎがカチッとかかり、弱さをぜんぶしめだした気がした。

「なんだって？」

ニコラスは勇気をすいこもうとするように、大きく息をすった。「いやだ。ぼくは、リトル・キップをエルフヘルムに連れてもどる。家に帰してあげるんだ」

男たちはさらに笑った。げらげら笑いをあびせられて、ニコラスは恐怖《きょうふ》と怒《いか》りを同時に

感じた。悪党《あくとう》のひとり、トナカイ革《がわ》のコートを着た、だみ声の男がどなるようにいった。

「そうはさせねえ。おい、トイヴォ、そいつに教えてやれ」

トイヴォはふたたびクロスボウをかまえ、地面につばをはいた。

父ちゃんはふりかえってその武器《ぶき》を見ると、いった。

「すまん、ニコラス。あの子を帰すわけにはいかん。大金がかかってるんだ」

「お金よりぼくが大事なら、

いうとおりにしてよ。お願いだよ、父ちゃん。そりゃ、おもちゃはすてきだよ。でも、金持ちになるより、いい人間でいるほうがいいよ。子どもをさらっといて、幸せになんかなれるもんか」

「おれは、木こりでいて幸せだったことは、いっぺんもない」父ちゃんは、どこか痛《いた》みでもするように顔をゆがめている。「だがいまは、計画どおりに事が進みさえすりゃ、あたりまえの人生ってのがどんなものか知るチャンスが、おれにもあるんだ」

ニコラスは首をふった。ニコラスは泣いていた。こらえることができなかった。胸《むね》の中にいろんな感情《かんじょう》がひしめいている。怒《いか》り、恐怖《きょうふ》、落胆《らくたん》。ニラコスは父ちゃんが大好きだった。なのに、その父ちゃんがエルフの子どもを親や仲間のもとからぬすみだし、おりに入れている。

ニコラスは手の甲《こう》で両目をぬぐった。トポがノーシュにいっていた言葉を思いかえす。

われわれは、おそれをみずからの導《みちび》き手としてはならん。

「エルフの子を帰してやろうよ」ニコラスはさっきより大きな声でいい、男たち全員を見まわした。「そしたら、エルフたちも喜ぶよ。お礼だってくれるかもしれない。キップを家族のところに帰してあげようよ」

「もどったら殺されるぞ！」アンデシュが断言《だんげん》した。その手には弓があり、背中《せなか》には灰色《はいいろ》の羽根の矢をしょっている。「なあ、ぼうず、おれたちといっしょにこないか？　冒険《ぼうけん》できるぞ。王さまにも会える」

「じょうだんじゃねえ。こいつはなにもかもぶちこわしにするのがおちだ」トナカイ革《がわ》のコートを着た、だみ声の男が文句《もんく》をいった。

「トマス、だまってろ。こいつぁ、ヨエルの息子《むすこ》だ。……なあ、ぼうず、どうだ？」

ほんの一瞬《いっしゅん》、ニコラスは、宮殿《きゅうでん》にいってフレデリク王に会えたらどうだろう、と考えた。王さまの顔なら知っている。コインのうらにもあるし、おもちゃ屋さんの窓《まど》から抱《だ》き人形をいつも見ていたからね。王さまは鼻が大きく、あごががっしりしていて、ごうかな服を着て、りっぱなかんむりをかぶっている。なにもかもが金《きん》でできているんだ。宮殿《きゅうでん》もぜんぶ金《きん》なのかもしれない。そこにいけたら、さぞかしすばらしいだろう。だが、正しいことをするよりすばらしいものはない。

「なあ、ニコラス、いっしょにいこう」父ちゃんはやさしく声をかけた。「ばかな考えはすてろ。アンデシュのいうとおりだ。すごい冒険《ぼうけん》になるぞ。それに、アンデシュは弓のつかいかたを教えてくれる。ど

うだ？　きっとおもしろいぞ」

「そうさ」アンデシュもいった。「いっしょにシカを狩《か》りにいこう。そのシカをたき火で料理するんだ。おれたちゃあ、毎晩《まいばん》、とれたての肉を食ってきた。おまえさんも、なにかいいもんを食ったほうがよさそうだ。自分がしとめたえものほど、うまいものはないぞ。いつだったか、トナカイをねらったこともある。矢はあたったんだが、息の根をとめる前ににげられちまった。森の中で見うしなってな」

ニコラスは、ブリッツェンの足から突《つ》きだしていた灰色《はいいろ》の羽根の矢を思いだした。もうじき、ブリッツェンはニコラスをさがしにくるだろう。そうしたら、この背《せ》が高くたくましい男は、またブリッツェンを殺そうとするはずだ。殺してシチューにしてしまうだろう。ニコラスは、キップの大きくてふしぎな目を見つめた。その目はおびえきっている。キップはやはりなにもいわなかったが、このときニコラスは生まれてはじめて、父ちゃんをにくいと思った。

ニコラスは、凍《い》てつく森に立っている六人の男をふりかえった。夜の深いあい色の中にうかぶ、黒い影《かげ》の集団《しゅうだん》。誘拐犯《ゆうかいはん》ども。トナカイ殺し。おそろしかったが、もう決心はついていた。

「だいじょうぶだよ、リトル・キップ。ここから出して、おうちに連れてってあげるからね」

23

ブリッツェンのしかえし

「息子《むすこ》をなんとかしろ！」だれかが父ちゃんにどなる。ニコラスはその声を無視《むし》して、そりの上のおりにキップの手足をつないでいる、鉄のくさりに意識《いしき》を集中させた。

父ちゃんの手が、ニコラスの腕《うで》をつかんでそりからひきはなそうとしている。「たのむよ、ニコラス。おまえのおかげで、おれたちふたりともこまったことになってるんだ」

「そいつもおりに入れちまえよ」

トイヴォの声にアンデシュがこたえた。「子どもをおりに入れるわけにはいかねえ」

「もう入れてるじゃないか」ニコラスがいった。「それとも、エルフはかんじょうに入らないの？」

「なにいってんだ、ニコラス。かんじょうに入れることはないさ。だって、エルフだぞ！やつらだって、おまえを平気で牢《ろう》に入れただろう。忘《わす》れたのか？」

ニコラスはファーザー・ヴォドルのことを考えた。怒《いか》りのこもったヴォドルの声をおぼえている。それがどんなにこわかったかも。

「それはそうだけど、でも……」でも、なんなんだ？　ちょっとの間、ニコラスは自分のしていることがわからなくなった。なんで気にする必要があるんだろう？　それから、またおりの中に目をやった。

キップは不安でたまらないのか、顔をぴくぴくとひきつらせている。

「きみはエルフだろ！」ニコラスは必死に語りかけた。「きみの中には魔法《まほう》があるんだ！　その力をつかうんだよ」

キップはまた泣きはじめた。「できないよ！　そういうの、フカノウっていうんだ！」

「そんな悪い言葉、つかっちゃだめだ。きみみたいな小さな子がつかう言葉じゃない！」

キップは首をかしげて、ニコラスを見た。

こんな小さい子にむりをいっていることは、ニコラスにもわかっていた。リトル・キップは、ほんとにまだ〝おちびちゃん《リトル》〟なんだ。エルフの歳《とし》をあてるのはむずかしいが、せいぜい五歳《さい》くらいだろう。まだ魔法《まほう》がうまくつかえないのかもしれない。それに、たとえ魔法《まほう》の力があっても、これだというひとつのはっきりした願いがなければ、その力をつかうのがむずかしいことは、ニコラスもよく知っていた。魔法《まほう》の力は、それだけではなんの役にもたたないのだ。不可能《ふかのう》を可能《かのう》にするというのは、まわりが思うほどかんたんじゃない。

キップは身をかたくして、目をとじた。男たちがひやかしはじめた。

ニコラスはなおもいった。「今日はクリスマス・イブだよ。感じる？　あたりに魔法《まほう》が満ちてる。さあ、リトル・キップ。ドリムウィックをつかってごらん。きみにもできるよ」

「だめだよ」かぼそい声がこたえた。「できないよ」

「できるさ。ぼくにはわかる。きみはエルフなんだ。きっとできる」

キップがぎゅっと顔をしかめた。

「そっからはなれろ、ニコラス。いいかげんにするんだ」父ちゃんはニコラスの手をつかんだ。

チリリンとすずが鳴るような、ふしぎな音がした。一心に祈《いの》るエルフの子の顔色がみるみる変わって、プラムのようなむらさき色になっている。そのときだ。

ガチャン。

エルフの両手をつないでいたくさりの一本が切れて落ちた。ニコラスは、鉄のくさりの輪が、アメでできているかのようにポキッと折れるのを見た。

また一本、べつのくさりが切れた。

そして、もう一本。

残るくさりは、あと一本だ。

「そうだよ、リトル・キップ！　できたじゃないか」

「おい、エルフがにげようとしてるぞ！」

「あやしい術《じゅつ》をつかうのはやめろ、とんがり耳のちびのばけものめ！」トイヴォがどなりつけた。

「でないと、撃《う》ち殺してやるぞ」トイヴォはクロスボウをかまえて、キップに向けた。

「やめたりするもんか」と、キップはいいかえしたが、男たちには「カラバシュ・アニムボ」といったようにしかきこえなかった。

「わけのわからねえことをいうのもやめろ」また、トイヴォがいった。

どこか高いところで、一羽の鳥が木からとびたつ音がした。

「エルフを死なせちまっちゃあ、なんにもならないぜ」父ちゃんがいった。

「死んだエルフのほうが、にげたエルフよりはましだ」そういって、トイヴォはまたキップをどなりつけた。「ちょっとでも動いてみろ。この矢をぶちこんでやるからな」

ニコラスは父ちゃんの手をふりほどいた。自分の父親とは思えない。こんなことははじめてだ。ニコラスはおりの前に立ちはだかった。息があらくなるのをおさえられない。おそろしくてたまらなかった。ニコラスはトイヴォを見あげた。希望のかけらもない暗い目は、ひとみに夜をやどしているようだ。

「そんなことはさせない」

「こぞう、おれにさからうんじゃねえ。おまえも殺すぞ」その声にためらいはなかった。

トマスがあっと声をあげた。「見ろ！」

ふりむいたニコラスの目にうつったのは、舞《ま》いあがる雪と、ひづめと、熱い鼻息から立ちのぼる白い湯気《ゆげ》だった。森じゅうに雷《かみなり》のような音が鳴りひびいている。大きなトナカイが一頭、足音をとどろかせて、こっちに向かっていた。

「ブリッツェン！」だめだ。きたら、殺される。

「あいつはおれにまかせろ！」アンデシュがさけんだ。

アンデシュが放った矢がヒュッと風を切り、まっすぐに飛んでいく。ブリッツェンは走りつづけている。さっきよりもスピードを増《ま》し、その矢に向かっていくように。だが、ぎりぎりのところでブリッツェンは頭を上げ、つづいて体全体が急角度で地面をはなれ、うきあがった。目に見えない丘《おか》でもあるように空《くう》をかけのぼり、のぼりながらブリッツェンの体が雪をかぶったマツの枝《えだ》をなでていく。ニコラスは、アンデシュの弓のねらいがだんだん高くなるのを見ていた。ブリッツェンのひづめが夜空をかく。月に大づののシルエットがうかんでいる。

「お願い、撃《う》たないで！　ぼくのたったひとりの友だちなんだ！」

ヨエルは、必死にたのむ息子《むすこ》のやせて青ざめた顔を見ていた。それから自分の左手を見た。半分しかない指を。「人生はつらいものさ」父ちゃんが悲しそうにいった。

「でも、魔法《まほう》のようにすてきなことだって起こるよ」

父ちゃんはこたえなかった。「ニコラス、あいつをおとなしくさせろ。おとなしくさせて、おれたちの目のとどくところにおりてこさせるんだ。そうすれば、手は出さない。撃《う》たないと約束する。そうだろ、みんな？　あいつもつかまえて、国王陛下《へいか》の前へ連れていこう。空とぶトナカイだ。陛下《へいか》が見たがると思うぜ」

アンデシュは弓をおろした。「そうだな。おい、やつをここへ呼《よ》べ」

「ブリッツェン！」ニコラスは呼《よ》んだ。だが、この中にひとりでもほんとうに信用できるやつがいるだろうか。「おりておいで！　だいじょうぶだから」

その言葉が通じたらしく、一分後には、ブリッツェンは少しひらけた場所をみつけて、おりてきた。とびまわったあとで、胸《むね》は大きく上下し、目はらんらんとかがやいている。

「ブリッツェンっていうんだ。傷《きず》つけないでやって」男たちにたのむと、ブリッツェンはニコラスの首に鼻をすりつけてきた。

「ブリッツェン湖か」トマスが自分の着ているトナカイのコートをなでおろした。

ニコラスはブリッツェンの首をなでてやった。ブリッツェンはアンデシュを見つめながら、うなるような、ほえるような声を出している。

「だいじょうぶだよ、ブリッツェン。この人はもうおまえを傷《きず》つけたりしないから」そういいながら、ニコラスは、さっきのアンデシュの約束を心から信じられればいいのに、と考えていた。

だが、トイヴォは約束したにもかかわらず、クロスボウをかまえた。

「やめろ、トイヴォ！」父ちゃんがさけんだ。ニコラスは、森のおそろしい闇《やみ》のどこかにこたえをみつけようとするかのように、あたりを見まわした。

もう、ほかに手立てはない。「わかった。ぼくたちも冒険《ぼうけん》についていくよ。やっぱり王さまに会ってみたい」

「こいつはうそをついてる」トイヴォがいった。

ヨエルは息子《むすこ》の目をのぞきこんだ。その瞬間《しゅんかん》に、ニコラスは、父ちゃんが自分の考えを見ぬいたことを知った。それは父親にしかできないことだ。

「いや、うそじゃない。そうだよな、ニコラス？　もしうそなんかついたら、殺されるんだもんな。そんときゃ、おれだってどうしてやることもできないしな」

「わかってるよ、父ちゃん」ニコラスは、ふうっと息をついた。「うそじゃない。気持ちが変わったんだ。ぼくがばかだった。エルフはぼくを、血にうえたトロルといっしょに牢《ろう》にとじこめたんだ。やつらにはなんの借りもないよ」

少しのあいだ、だれも口をひらく者はなく、きこえるのは木々のあいだをわたっていく冷たい風のささやきだけだった。

アンデシュがニコラスの肩《かた》をぽんとたたいた。「いい子だ。おまえは正しい選択《せんたく》をした。なあ、ヨエル？」

「ああ。息子《むすこ》はいつもそうさ」

「よし。これで一件落着《いっけんらくちゃく》だ。さあ、もう休んだほうがいい。明日は大事な日だからな」アンデシュはトマスとトイヴォの肩《かた》に腕《うで》を回した。

「こぞうとトナカイはエルフからはなれたとこに休ませろ。念のためにな」トマスがいった。

「それでいいよ」ニコラスはこたえた。

父ちゃんはまだ不満そうだ。「ちょっと待て。エルフのほうはどうする？　魔法《まほう》をつかいやがったら？　にげられないよう、だれかそばで番をしてたほうがいいだろう」

「それもそうだな」トイヴォが目をこすりながらいった。「おれがやる」

「トイヴォ、おまえ、つかれてるだろう」アンデシュがとめた。「今日もまたラッカ酒を飲みすぎてるしな。だれかほかの者がいい」

「おれはまだ目がさえてる」父ちゃんがいった。「おれがやるよ。めんどうをかけたのはおれの息子《むすこ》だしな。おれの責任《せきにん》だ」

「そうか。それも道理《どうり》だ。夜明けの光が見えたら起こしてくれ。交代するよ」

アンデシュはたき火のむこうの、空き地よりさらに谷に近いマツの木立《こだち》を指さした。「おまえらはあそこでねろ」そして、ブリッツェンの背中《せなか》をぽんぽんとたたき、雪にぬれた毛皮をなでた。

「悪かったな。あんときの矢のことは忘《わす》れてくれ」

ブリッツェンはそれについて考えてみた。考えながら、アンデシュの長下着におしっこをかけた。

「おい！」アンデシュが声をあげ、トマスがげらげら笑いだした。アンデシュも笑いださずにはいられず、ほかのみんなも笑った。

それから、男たちはまだ明るく燃《も》えているたき火のそばにもどって休み、ニコラスとブリッツェンはそのむこうの木々のあいだで横になった。父ちゃんは、キップの入ったおりの前に腰《こし》をおろした。キップがにげるのをあきらめたのかどうかはよくわからないが、ニコラスはキップをたすけたいと考えるのをやめたわけではなかった。ニコラスがブリッツェンにぴったりよりそい、たがいの体をあたためているうちに、男たちの声はきこえなくなった。

「クリスマスおめでとう、ブリッツェン」

ニコラスは力なくいったが、ブリッツェンはもうねむりの中だった。

24
別れ

ニコラスはねむれずに、長い時間、横になったまま満月を見あげていた。そして、やっとうとうとしかけたころ、物音をきいた。風に散らされるささやきていどの音だ。目をあけると、父ちゃんがいた。ゆっくりとそりをおして男たちからはなれ、こっちへ向かってくる。そりはかんたんに動いたから、エルフはたいして重くはないのだろう。キップはおりの中で、だまったまま目を見ひらき、格子《こうし》をつかんでいる。

「なにしてるの？」ニコラスは、声をひそめてたずねた。

父ちゃんは、静かにというようにくちびるに指をあて、いつもそりをひくのにつかっているロープを肩《かた》からおろすと、ブリッツェンのそばにいき、その首にロープをかけた。

ニコラスは信じられない思いだった。

「おまえがエルフをにがすつもりなのはわかったよ。ほんとにおそろしい計画だがな。おそ

ろしいなんてもんじゃない。けど、今日はクリスマスだ。おまえの誕《たん》生日《じょうび》でもある。それに、おまえはやっぱりおれの息子だしな。おれはおまえに生きててほしいんだ。だから、手を貸《か》してくれ」

ニコラスはブリッツェンのほうに体をよせた。「おとなしくしていで」ブリッツェンにもきこえないいんじゃないかと思うような小さな声で、ニコラスはささやいた。ブリッツェンはゆっくり立ちあがり、引きづなをかけられるあいだ、おとなしくじっと立っていた。いまはもうたき火も消え、男たちは酔《よ》いも手伝って、そのままねむりこけている。ニコラスは緊張《きんちょう》していたが、ふしぎとうれしく、ほっとしていた。やっぱり、まだ父ちゃんはよい心を持っていたんだ。

男たちのひとりがねがえりを打ち、なにかぶつぶついった。たぶんトイヴォだろうが、この暗さと距離《きょり》では、よくわからない。ニコラスと父ちゃんは息を殺し、男が静かになるのを待った。

引きづなの準備《じゅんび》ができた。

「これでよし」父ちゃんがささやくのと同時に、風がやんだ。まるで、森がふたりの計画に聞き耳をたてているみたいだ。「さあ、トナカイに乗って、とんでいくんだ」

「父ちゃん、お願いだから、いっしょにいこう」

「だめだ。スピードが落ちちまう」

「ブリッツェンは強いよ。それに速いんだ。父ちゃんはそりに乗って、リトル・キップがあぶなくないよう見ててやってよ。ここにいちゃだめだ。やつらに殺されちゃう」

トイヴォの影《かげ》が動いた。まちがいない、あれはトイヴォだ。闇《やみ》の中にねころんでいるひょろ長い男の影《かげ》が動くのが、今度ははっきり見えた。

父ちゃんがこんなにおびえるのは見たことがなかった。クマと出会ったときでもだ。その顔を見ると、ニコラスの胸《むね》もドキドキしてきた。

「わかった、そりに乗ろう。もう出発したほうがいい。さあ、早く」

ニコラスはブリッツェンの背中《せなか》にまたがり、前のめりになって、ブリッツェンの耳にささやいた。「いいかい、できるだけ速くたのむよ。ここからにげだすんだ」

とうとうトイヴォがはっきり目をさましたらしい。ほかの男たちのブーツをけとばして、起こしてまわっている。

「やつらがにげるぞ！」

ブリッツェンは木々が一直線にひらけたところに向かったが、進むのに苦労して、歩いたり小走りになったりしている。

「ブリッツェン、がんばれ。きみならできるよ。さあ！　今日はクリスマスだ！　魔法《まほう》をつかうんだ！」

シュッというみょうな音がした。ふりむくと、一本の矢が風を切ってとんでくるのが見えた。ぎょっとして身をちぢめると、矢はニコラスの頭をかすめていった。ブリッツェンはなかなか足を速められずにいる。そりの重みと、おりとキップとヨエルとニコラスの重みのせいだ。二本目の矢がヒュッととびすぎていった。

ブリッツェンのスピードが上がった。だが、まだじゅうぶんじゃない。木と木の間隔《かんかく》はせまく、そのあいだをぬって、あぶなっかしく進んでいる。ニコラスが必死につかまりながらうしろをふりかえると、そりが左にかたむいて、父ちゃんをふりおとしそうになっていた。

木とスピードと恐怖《きょうふ》で、頭の中がごちゃごちゃになって、考えることもできない。

いまや矢のほかに、石つぶてもつぎつぎとんできている。

そして、最悪のことが起こった。

うしろで悲鳴がきこえた。苦痛《くつう》に満ちたさけびが夜を切りさいた。見ると、そりのはしぎりぎりのところに立っている父ちゃんの肩《かた》から、羽根のついた細い棒《ぼう》が突《つ》きだしている。流れる血は、すでにつぎはぎのシャツをそめていた。

「父ちゃん！」つぎの矢がニコラスの耳をかすめた。

そのとき、ニコラスはブリッツェンの背中《せなか》が力強く自分を押《お》しあげるのを感じた。はじまったのだ。

だが、そりがうきかけたとたん、石弓から放たれたつぶてがブリッツェンの胸《むね》にあたった。ショックのせいか痛《いた》みのせいか、一瞬《いっしゅん》ブリッツェンの力がぬけた。ブリッツェンは体をそらし、少しでも高くそりを持ちあげようとしながら、前へ回りこもうとする男たちの頭上をとびこえた。だが、ニコラスには自分たちがまずい状況《じょうきょう》にあるのがわかった。森の上でなく、森の中に向かおうとしている。雪のつもった枝《えだ》が顔にピシピシとあたる。マツの葉で息がつまりそうだ。矢はひっきりなしにとんできて、闇《やみ》の中に黒いすじを描《えが》いていく。

「がんばれ、ブリッツェン！」ニコラスは、ブリッツェンが重力をふりきれるよう、はげました。かわいそうに、ブリッツェンは苦戦している。またドスンと地面にもどり、それでも、もう一度とびあがろうと走りつづける。

「やっぱり……重すぎるんだ」父ちゃんが肩《かた》を手でおさえて、苦しそうにうめいた。

そのとおりだとは、ニコラスにもわかっていた。でも、この先は木がまばらになっている。

「だいじょうぶだよ！」ニコラスはさけぶと、「がんばれ！」とブリッツェンに声をかけた。

ブリッツェンの足がうかびあがり、宙《ちゅう》をけっているのをニコラスは感じた。だが、まだだめだ。必死のあまり、全身がかたくなっているし、そりは地面にひきずったままだ。ニコラスは自分も魔法《まほう》をつかおうとした。けれども、おそろしさで心の中にいろんな考えがうずまいて、ひとつの願いに長くは集中できない。紙きれが風にとばされるように、願いはどこかにとんでいってしまう。

「おまえはわかってない！」父ちゃんがさけんだ。「谷だ！　川だよ！」

ニコラスははっとした。この先は、ただ森がとぎれるだけではない。地面もとぎれるのだ。いきなりなくなってしまう。まるで、すぐそこにぐんと低い地平線が突然《とつぜん》あらわれたみたいに。あといくらもいかないうちに、川に向かって落ちこむ、深く深く、暗い谷がある。

「このままではだめだ！　谷をこえるには空をとぶしかない！　だが、これじゃあ重すぎる」

それでも、ニコラスはあきらめなかった。全身の神経《しんけい》、全細胞《さいぼう》をひとつにして、ニコラスは願い、祈《いの》った。自分とブリッツェンの魔法《まほう》がどうか力を発揮《はっき》しますようにと。

「がんばれ、ブリッツェン！　やるんだ！　きっとできる！　とべ！」

ブリッツェンはまた地面からうきあがった。でも、ほんの少しだ。さっきよりもっと枝《えだ》がぶつかってくる。父ちゃんは、おりにしがみついている。キップがおそろしさに泣きだすのがきこえた。

「いやだ、いやだ、いやだ、いやだ！」

「やっぱりおれが重すぎるんだ。おれがおりるよ」父ちゃんがいった。

その言葉が鋭《するど》い歯のようにニコラスをえぐった。

「だめだよ、父ちゃん！　やめて！」

ふりむくと、父ちゃんの顔はさっきとはちがう痛《いた》みにゆがんでいた。別れの痛《いた》みだ。

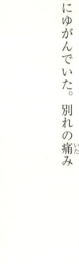

「だめだってば！」

「愛してるよ、ニコラス！」父ちゃんが声をふりしぼる。

「おぼえててくれ。おれにも少しはいいところがあったってな」

「だめだよ、父ちゃん！　そんなこと――」

谷は目の前だ。それは見なくてもわかった。突然《とつぜん》、ブリッツェンの走りが軽くなり、スピードが上がった。父ちゃんがおりから手をはなし、地面にとびおりたのだ。ニコラスの目から、どっとなみだがあふれた。雪の中にころがった父ちゃんのすがたが、どんどんどんどん小さくなって、やがて闇《やみ》の中に消えた。母ちゃんが井戸《いど》の底の闇《やみ》に消えていったように。その意味がわかると、恐怖《きょうふ》がおそってきた。ニコラスはいま、この世でひとりぼっちになってしまったのだ。

そりが軽くなったのにたすけられ、ブリッツェンはそりを安全なところまで運ぼうという気持ちを強くして、谷の上空へ高くかけのぼった。さらにスピードを上げ、力強く大地からはなれ、空へ向かって。

25

エルフヘルムへ

ニコラスの悲しみは、想像《そうぞう》を絶《ぜっ》するものだった。たいせつな人を失うことほどつらいものは、世の中にない。悲しみが、目に見えない穴《あな》をあけ、その穴《あな》にどこまでも、どこまでも落ちていく気がするんだ。愛する人たちがいればこそ、この世は現実《げんじつ》となり、たしかなものとなる。だが、その人たちと突然《とつぜん》、永遠《えいえん》の別れをすることになったら、もはやなにひとつたしかなものとは感じられなくなってしまう。ニコラスはもう二度と父ちゃんの声をきくことはできないのだ。

力強い手に抱《だ》きしめられることもない。父ちゃんが赤いぼうしをかぶっているのを見ることもない。

冷たい空気の中をとんでいるせいで、なみだは顔の上でこおりついた。こんなに悲しい誕生日《たんじょうび》、こんなに悲しいクリスマスはない。

ニコラスはブリッツェンの背《せ》にしがみつき、ブリッツェンの体温を感じた。それ以外は、ときおりうしろをふりかえって、そりとキップの入ったおりがぶじにそこにあるのを確認《かくにん》するだけだった。あたたかな毛に耳をうずめると、血液《けつえき》が体じゅうに送られていくドクッドクッという音がきこえる。それが大地をける音のかわりのように思えた。

ニコラスは、父ちゃんがそりからとびおりたときからずっと、泣きつづけていた。父ちゃんは落ちたときに死んだのだろうか？　それとも、アンデシュやトイヴォやほかの男たちにみつかるほうが早かっただろうか？　どっちにしても、たぶん結果は同じだ。父ちゃんとふたたび会うことはないのだ。からっぽになった胸《むね》のうちで、さびしさがふきあれている。

しらじらと、夜があけてきた。

「ごめんなさい」うしろから小さな声がした。「おいらのせいだ」

キップが「いやだ」と「やめて」以外のちゃんとした言葉を話すのをきくのは、はじめてといってよかった。

「あやまるなよ！」ニコラスはどなり、なみだをぬぐった。「きみはなんにも悪くないんだ！」

少しの間があいた。

「たすけてくれて、ありがとう」また同じ小さな声がした。

「いいか、きみはぼくの父ちゃんを悪い人間だと思ってるだろう。たしかに父ちゃんがやったのは悪いことだ。でも、いいとこだってあったんだ。心が弱かっただけなんだよ。ぼくたち、お金がぜんぜんなくて……。人間ってのは、ややこしいんだ」

「エルフもおんなじだよ」リトル・キップはいった。

ニコラスは、あたり一帯をつつむまっ白な雪雲を見つめた。小さなえんとつをくぐりぬけたり、空をとんだりすることでも、人生を信じるよりはたやすい。でも、ブリッツェンは走りつづけていたし、このまま進みつづけて、キップを家に帰してやらねばないのはわかっていた。とにかく、そうしないわけにはいかなかった。

「おいらたち、友だちだよね」キップがいった。

山をこえると、今回はニコラスにもすぐエルフヘルムが見えた。七曲《ななま》がり道《みち》も、牢《ろう》のある塔《とう》も、村の大集会所も、森木立《もりこだち》の丘《おか》も、湖も。

ブリッツェンがトナカイの広野《ひろの》のまん中におりたつころには、もうおおぜいのエルフがあつまっていた。こわくはなかった。いまはもう、この世にこわいものなんてなかったからだ。だって、父ちゃんをなくしたんだ。それ以上におそろしいことがあるだろうか？　ブリッツェンの背《せ》からおりたあと、あつまっていたエルフたちが左右にわかれて道をつくり、そのあいだをヴォドルがこっちに歩いてくるのを見たときでさえ、こわいとは思わなかった。心はからっぽだったんだ。

「ほほう、木こりのヨエルの息子《むすこ》がもどってきたか」ヴォドルがいった。

ニコラスは木組みのおりのほうをあごでしめした。

「なんだ、それは？」

「リトル・キップをエルフヘルムに連れて帰ってきた」ニコラスはみんなにきこえるようにいった。

「そうとも、ファーザー・ヴォドル」白ひげのエルフがにこにこしながら、ふたりのほうへやってきた。トポだ。すぐうしろにはノーシュもいる。「ニコラスがリトル・キップをすくったのじゃ！　これこそ、わしらみんなが待ちのぞんでいたニュースじゃ」

「そうだな」ヴォドルもしぶしぶ笑《え》みをうかべた。「そのとおりだろう。だが、この人間にはいますぐ塔《とう》にもどってもらう」

エルフたちは不満の声をあげた。

「今日はクリスマスじゃないか！」

「ゆるしてあげましょうよ」

トポも首をふり、「だめじゃ。今回はそんなことをしてはいかん」と反対した。しかし、ヴォドルはききいれない。

「親切なんぞ、うんざりだ！　ファーザー・トポ、あんたはだまってろ。この人間は塔《とう》にもどさねばならん。これでこの話は終わりだ」

エルフたちはますます怒《いか》り、かちかちになったジンジャーブレッドをヴォドルの頭に投げつける者もいた。

「反乱《はんらん》が起きることになるぞ。この人間の男の子はヒーローじゃからな」トポがこんなにきびしい表情《ひょうじょう》を見せるのは、はじめてのことだった。

エルフたちが声を合わせていいはじめた。「ヒーロー！　ヒーロー！　ヒーロー！」

「恩知《おんし》らずのエルフどもめ！」ヴォドルは声をはりあげた。すさまじい大声だ。「わしがおまえたちのためにどれだけのことをしてやったか、わからんのか？　親切だの喜びだのいうものを禁止《きんし》したおかげで、こうして安全に暮《く》らせるようになったんだぞ」

「考えてみたら、おれは親切ってやつがすごく好きだったよ」

だれかがいった。

「喜びだって、そんなに悪いものじゃないわ」

「スピクル・ダンスがなつかしいな」

「わしもだ！」

「賃金《ちんぎん》ももどしてもらいたいね！　おれがいまもらえるのは、週にコインチョコレートをたったの三枚《まい》だ。これっぽっちで、暮《く》らしていけるもん

か」

「エルフ以外の生きものにも親切にしたいわ」

不満は、あとからあとから出てきた。なんといっても、ヴォドルは民主的に選ばれたエルフヘルムのリーダーだ。みんなの声をきいて、もはや選択《せんたく》の余地《よち》はないと観念した。

「わかった。この人間の子をどうするか決める前に、まずはリトル・キップを家に連れていってやろう」

エルフたちのあいだからわっと歓声《かんせい》があがり、禁止《きんし》されているはずのスピクル・ダンスを何人もがおどりだした。まわりを見まわして、ニコラスはまた泣きだした。だが、今度のはちょっとばかり幸せのまじったなみだだ。それは、エルフたちの喜びとあたたかい気持ちにつつまれたときだけに感じられる幸せだった。

26

クリスマスと呼《よ》ばれた男の子

キップの父ちゃんはムードン、母ちゃんはロカという名前だった。ふたりとも身分の低い労働者だが、それぞれ職人《しょくにん》としての技《わざ》を持っていたので、青いチュニックを身につけていた。ムードンはジンジャーブレッドを焼くのが仕事。ロカはおもちゃ職人《しょくにん》で、とくにコマをつくるのを専門《せんもん》にしていたから、エルフたちがコマで遊ばなくなったこのごろは、仕事がなくなってこまっていた。一家は村のはしっこの、森木立《もりこだち》の丘《おか》からそう遠くないところにある小さな家で暮《く》らしていた。家は木でできていたが、いすやテーブルや食器だなはジンジャーブレッドでつくられていた。

だが、そんなことはどうでもいい。大事なのは、キップをその家のとびらの前まで連れていったときのムードンとロカほど幸せそうな者を、ニコラスは見たことがなかったということだ。

「なんてこと！　きせきが起こったわ！」ロカの目から、なみだが一気にあふれた。「ありがとうございます。いままでで最高のクリスマス・プレゼントよ！」

「お礼ならニコラスにいうんじゃな」トポがふたりの前にニコラスをおしだした。

「ああ、ありがとう、ありがとう、ありがとう、ニコラス」ロカがニコラスのひざをぎゅっと抱《だ》きしめたので、ニコラスはあやうくころびそうになった。

「どうしたらこのお返しができるかしら？　そうだわ、おもちゃをあげましょう！　わたしがつくったおもちゃがいっぱいあるのよ、とくにコマはたくさんね。ちょっと待ってて」

「じゃあ、おれはとびっきりうまいジンジャーブレッドを焼いてやろう！」

ムードンは髪《かみ》もひげもショウガ《ジンジャー》の色で、まるでムードン自身がジンジャーブレッドでできているみたいだ。

ヴォドルは人間が感謝《かんしゃ》されているのを見て、顔をしかめずにいられなかった。

「しかし、こいつは牢《ろう》からにげだした囚人《しゅうじん》だ。だから、やっぱり塔《とう》にもどすべきだろう」

大つぶのなみだが、キップの空色のひとみをくもらせた。

ニコラスは、自分がとじこめられていた、冷たくて暗くてせまいかまど部屋を思いだし、こう思った。父ちゃんのいない生活はひどくさびしいだろうが、塔《とう》にとじこめられて毎日をすごすのは、たぶんもっとさびしいだろう。

「もうわかっとるじゃろう。その決断は、大きな反感を買うことになるぞ」トポはきっぱりといった。

ロカもいった。「わたしは議会のメンバーじゃありませんから、こんなことといえる立場じゃないですけど、わたしの息子《むすこ》をすくってくださったこのかたは、ヒーローだと思います。ほんものの、クリスマスのヒーローですよ！」

あのマザー・リリさえ、ニコラスを塔《とう》にもどすべきではないといった。「エルフのおきては、一部改める必要があるんじゃないかしら」

ヴォドルはおもしろくない顔をした。なにかぶつぶついいながら、ぐるぐる歩きまわる。そばにかけてあった木ぐつがひとつ、カタンと音をたてて床《ゆか》に落ちた。みんないっせいに、その木ぐつを見た。それがヴォドルがふきげんな証拠《しょうこ》だということは、だれもが知っていた。

「ファーザー・ヴォドル！」マザー・リリが、あきれかえった声を出した。

「いや、失礼。だが、こいつは人間だ。わしらは、人間がどんなまねをするかを知っておる。この子どもひとりのために、人間に対するわしらの姿勢《しせい》をやわらげるわけにはいかんのだ」

トポが思いついたようにうなずいた。「じゃが、考えてみろ。この人間のおかげで、おまえさんの新聞はかなり売れるようになるんじゃ……」

ヴォドルがだまりこんだ。まよっているのは、ニコラスにもわかる。だって、トポのいうとおりだから。そして、とうとうヴォドルの口から、これ以上ないくらいの小さな声で、「そうかもしれんな」というひとことが、ぼそっと出た。

トポがニコラスの肩《かた》に手を置いた。いや、置こうとしたんだが、どうにもとどかなかったので、かわりに腕《うで》をぽんぽんとたたいた。「では、ゆるしてもらえるのじゃな？」

うんと長い間《ま》があった。「長い間《ま》があった」ともう一回いいたいくらい長い間があって、やっとそれに終わりがきた。

ヴォドルは、エルフでも人間でもこれほど小さくうなずいた者はいないというくらいものすごく小さくうなずいて、「ああ」とこたえた。

「やったあ！」ヴォドル以外のみんなが、喜びの声をあげた。

「お祝いのクリスマス・パーティーをしましょうよ」マザー・リリが提案《ていあん》すると、ヴォドルは不満げに舌打《したう》ちした。

「クリスマス・パーティーなら二日前にすんだはずだ」

マザー・リリが早口にいいかえす。「あれはひどかったわ。ねえ、やりましょう！　この子には、してあげて当然よ！」

ニコラスはいった。「すごく光栄です。でも、ぼくもブリッツェンも、今夜はゆっくり休ませてもらえるとありがたいんだけど」

そのとき、ロカがもどってきた。腕《うで》にコマを七つと、スノードーム、クマのぬいぐるみにお絵かきセットをかかえている。コマはとくに美しかった。どれもきれいな色にぬられている。赤や緑のもようが多いが、ぜんぶ手描《てが》きだ。こんなにすてきなおもちゃを、ニコラスは見たことなかった。しかし、手で運ぶには多すぎるようで、コマがふたつころがりおちて、床《ゆか》の上で回りはじめた。

トポはポケットからビスケットを出し、かじりながら、しみじみいった。「すばらしいのう。だれかにおくりものをするってのは、ただそれだけですばらしい」

「そうでもないさ」ヴォドルはまだ不満そうだ。

ロカがコマをひろっていると、ニコラスがいった。「ありがとう。でもぼく、コマが一個《こ》あれば、それでじゅうぶんだよ！」

ロカは首をふった。長い三《み》つ編《あ》みが左右にゆれ、コマがまた何個《こ》か床《ゆか》に落ちた。「いいえ、コマひとつじゃ足りないわ。コマはとても大事なものよ。気持ちを楽にしてくれる。いろん

なことを、いっとき忘《わす》れさせてくれるの。さて、このプレゼントを入れるものがなにかいるわね」ロカがあたりを見まわしていると、キップが父親のムードンのはいているくつ下を指さした。

「いいわね！　ムードン、そのくつ下をぬいでちょうだい」

「なんだと？」

「コマを入れるのにちょうどいいサイズだわ。ほら、早くぬいで。くつ下なら、ほかにもいっぱい持ってるでしょ」

そこで、ムードンはみんなの

前で毛糸のくつ下をぬいだ。ニコラスはエルフの足がすね毛でもじゃもじゃなのを知って、びっくりした。いや、とにかくムードンのはもじゃもじゃだった。

ムードンがぬぎおわると、ロカは持っていたおもちゃをぜんぶそのくつ下に突《つ》っこんだ。

「やっぱりね！　ぴったりだわ。みんなも、おもちゃを運ぶときはくつ下をつかうといいんじゃない？　さあ、どうぞ！　メリー・クリスマス！」

くつ下いっぱいのおもちゃをもらったからといって、なにもかもがよくなるわけではなかったが、自分にもだれかを幸せにできたと思うと、ニコラスもちょっと幸せを感じた。ニコラスはキップにさよならをいうと、トポといっしょにひんやり冷たい夜の中へ出ていった。外ではブリッツェンが待っていた。ブリッツェンがニコラスを見る目には愛情《あいじょう》がこもっていて、まるで雪のようにきらきらかがやいていた。

27

大きな決意

ブリッツェンはドナーやダッシャー、ヴィクセンといった、ほかのトナカイたちのいる平原にもどっていった。それから何週間か、ニコラスはトナカイたちのようすを見ていたが、みんな、ブリッツェンのあまり上品とはいえないユーモアのセンスを気に入ったようだった。トナカイたちは、ブリッツェンに笑わされてばかりだ。まあ、トナカイがほんとに笑ってるかどうか、はっきりしたことはいえないけどね。なにしろ、トナカイの笑いっていうのは、すごくわかりづらいんだ。でも、ブリッツェンといるときはいつも、みんなの目がきらきらしてるんだよ。

ニコラスはトポの家で世話になっていた。もう何週間もそこで寝起《ねお》きしている。ムードンが焼いてくれたおいしいジンジャーブレッドを食べ、ノーシュとトランプ（ロカが一枚《まい》一枚《まい》手描《てが》きしたものだ）で遊んだ。エルフはみんなそうなんだが、ノーシュはびっくりするほど強くて、ときどき、わざとニコラスに負けてくれた。ニコラスは、ほかのエルフたちともうまくつきあって友だちになったし、相手が何色のチュニックを着ていても態度《たいど》を変えたりしなかった。

だけど、心の中の悲しみは深かった。ニコラスは、なるべく父ちゃんのいいところを思いだすようにした。たとえ表には見えなくても、父ちゃんにはいつだっていいところがあった。あのぼうしと同じだ。よごれで見えなくなってるときも、下にはちゃんときれいな赤色がある。ニコラスは父ちゃんのぼうしを洗《あら》ってかぶり、自分はよい心を持ちつづけよう、けっして失わないようにしよう、と誓《ちか》った。

エルフヘルムにきて一カ月がたったころ、ニコラスはいった。

「考えてたんだけど、そろそろ人間の世界に帰ったほうがいいと思うんだ」

「そうか」と、トポはいった。「おまえさんがそうしたいなら、そうするがいい」

そしてある日、ニコラスはブリッツェンにそりをひかせて、クリスティーナンカウプンキまでいってみた。とびながら、ときおりつい前と同じように父ちゃんのすがたをさがしてしまう。だがもちろん、今度はみつかるわけもない。教会の屋根の上にそりをおろし、ニコラスは塔《とう》の階段《かいだん》を下に向かった。ニコラスはその日一日、人間の世界ですごした。おもちゃ屋さんのショーウィンドーをのぞいてみたが、エルフ人形はひどく角ばっているし、エルフにしては表情《ひょうじょう》にとぼしい感じがした。フレデリク王の抱《だ》き人形もあった。ひとりの男の子が木でできたトナカイを持って、店から出てきた。ニコラスは思いだした。父ちゃんとこの店をのぞくとき、ほんとうはいつもほかの子が持っているようなおもちゃがほしくてならなかったのだ。けれども、いまニコラスが望むのは、父ちゃんがとなりにいてくれることだけだ。

ニコラスはもとの家にもどるつもりでいたのだが、それはやっぱりむりだった。喜びと魔《ま》法《ほう》の国に住むことができるのに、どうしていじわるなおばさんと暮《く》らすことを選ぶ？　とりもどすことのできない過去《かこ》を思いださせるものばかりの場所で、どうして暮《く》らしていける？だから、ニコラスは決めた。この先もずっと、エルフたちと生きていこうってね。

だけど、ニコラスはトポの家の天井《てんじょう》のはりに頭をぶつけてばかりいたから、体に合った家が必要だということになった。そこで、エルフたちはニコラスにマツの木で家を建ててくれ、ジンジャーブレッドとステッキ形のアメをつかっていくつか家具もつくってくれた。家を建てるときにニコラスが出した注文はたったひとつ。トナカイの広野《ひろの》が見える場所にしてほしいということだけだった。そこで、エルフたちは雪をかぶった草地のちょうどはしのところに、家をつくってくれた。つまり、南向きのどの窓《まど》からも、好きなときにブリッツェン

をながめることができるというわけだ。

きげんがいいと、ブリッツェンはときどき、二階のぜんぶの窓《まど》の前を通るようにして、ニコラスの家のまわりを、ものすごいスピードでぐるぐるとびまわった。ときには、ほかのトナカイたちも仲間に入る。たいていは、プランサーとコメットで、ダッシャーが加わることもあったが、ありすぎるほど分別のあるドナーがいっしょにやることはぜったいになかった。

ニコラスは自分を幸運だと思った。カルロッタおばさんのことや、冷えこむ家の外でねむったころのことをふりかえってみる。十一歳《さい》の男の子の暮《く》らしとしては、魔法《まほう》とエルフとトナカイにかこまれた生活は、かなりめぐまれているほうだ。

十二歳《さい》になったとき、ニコラスはトポの推薦《すいせん》で、エルフ議会のメンバーになった。あのヴォドルでさえ、その提案《ていあん》に賛成《さんせい》した。『デイリー・スノー新聞』の第一面をかざるのにちょうどいいニュースだと思ったんだ。しかも、ニコラスほどの若《わか》さでこの栄誉《えいよ》にあずかった人、というかエルフはこれまでひとりもいなかったからね。

そして、ヴォドルがエルフ議会の長をやめて新聞社の仕事にもどったときには、またべつの選挙があった。今度は、エルフヘルムのリーダーを選ぶ選挙だ。

ニコラスはその選挙で七千と九百八十三票をあつめて、当選した。反対したのは、たったひとりだった。

それで、みんなからファーザー・ニコラスと呼《よ》ばれることになったんだが、ニコラス自身はとてもみょうな気分だった。だって、まだ十二歳《さい》なんだから、どう考えても「お父さん《ファーザー》」って感じじゃないよね。だけど、それがエルフヘルムの習慣《しゅうかん》なんだ。ヴォドルの妹で、お兄さんよりうんと陽気なマザー・ヴォドルは、ニコラスにエルフの名前をつけたらどうかと提案《ていあん》した。「ニコラス」という名前は、「ニーカリス」っていう、ものすごくまずいトロルのチーズと発音がかなり似《に》てたからだ。

「そうね」マザー・リリが賛成《さんせい》した。「名前を呼《よ》ぶたびに、あのカビくさいチーズを思いだすのはごめんだわ！」

「そ、そ、そうよ」とうなずいたのは、マザー・ブレールだ。ベルト職人《しょくにん》の神経質《しんけいしつ》なエルフで、たちの悪いピクシーの一団《いちだん》にどろぼうに入られたあと、同情票《どうじょうひょう》を得て、最近議会のメンバーになったばかりだ。「そ、そ、そのとおりだわ。ニ、ニ、ニーカリスってのは、とても感じの悪い言葉よ。ピクシー語のマ、マ、マ、マドファングルと同じくらい品がないわ。不可能《ふかのう》っていうのと同じくらい悪い言葉。な、な、な、なにかべつの名前を考えないと」

そこでトポが口をひらいた。「本人にきいてみたらどうじゃ？」

ニコラスの頭にうかんだ名前はひとつだった。

「クリスマス」

「クリスマスがどうした？」ヴォドルがむっとした調子でいった。「まだ七カ月も先じゃないか」

「そうじゃなくて、クリスマスって名前はどうかなと思って。ファーザー・クリスマスってのはどう？」

会議室にすわっていたエルフたちは、そろってうなずいた。

「なぜ、その名前を？」トポがビスケットをいじくりながらたずねた。

「父ちゃんと母ちゃんがそう呼《よ》んでたんだ。ぼくがちっちゃかったときにね。ぼく、クリスマスに生まれたから。ぼくのあだ名なんだ」

「ファーザー・クリスマスねえ。あまり印象に残らん名前だな」ヴォドルは、いまひとつ賛《さん》成《せい》できないようだ。

「わしゃ、気に入った」トポが、ビスケットをむしゃむしゃ食べながらいった。こぼれたかけらが、口ひげにいっぱいついている。「おまえさんがリトル・キップを連れてもどってくれたのも、クリスマスじゃったしな。ぴったりじゃないか、ファーザー・クリスマスは」

マザー・リリもいった。「クリスマスはおくりものの季節ね。あなた自身がおくりものだわ。生きた人間のおくりもの」

いろいろな思い出が一気におしよせてきたような気がした。なみだがひとつぶ、ニコラスのほおをつたった。

ファーザー・クリスマスか。

ニコラスは、父ちゃんと母ちゃんが生きていたころのクリスマスを思いだした。三人でクリスティーナンカウプンキへいって、町かどでクリスマスの讃美歌《さんびか》を歌ったっけ。もっとあとのクリスマスでうれしかったのは、父ちゃんが、森の中でこっそりつくってかくしておいた、あのそりを見せてくれたときだ。あのころは、カブ人形だって特別なものに思えた。

ニコラスはにっこり笑い、幸せのなみだをぬぐって、心の中でその名前をつぶやいてみた。「これ以上の名前はないよ！」

「ようし！」トポは最後のビスケットをごくんとのみこんだ。「ジンジャーブレッドでお祝いじゃ！」

28

カルロッタおばさんに会いにいく

ファーザー・クリスマスが最初にやったのは、ファーザー・ヴォドルがつくったおきてをぜんぶもとにもどすということだった。

「エルフはそれぞれどんなチュニックを着てもいいことにする。緑とか青とかいう決まりはなくす。あ、それから、テーブルにつくときも、好きなところにすわっていい。スピクル・ダンスもどんどんおどっていい。歌も前のように楽しんで。食べものも……」

議会のエルフたちは満場一致《まんじょういっち》で賛成《さんせい》した。

「それから、喜びと親切を大事に……」

「喜びと親切?」マザー・リリがおどろきの声をあげた。「本気なの? それはちょっと意見がわかれるんじゃないかしら」

「うん、そうかもしれないね。でも、むかしはそれでみんな幸せだったんだ。また幸せにや

スピクル・ダンス
のおどりかた…

れるんじゃないかな」

だれかが「喜びと親切！」とさけんだ。それからみんなが声を合わせた。いや、みんなじゃなかった。ヴォドルだけは、ちょっとのあいだ、むずかしい顔をしていた。でも、そのヴォドルも結局、しぶしぶちょっとだけ笑顔《えがお》をつくったんだ。

ともかく、これだけはまちがいない。人間の子が、エルフヘルムにふたたび幸せをもたらしたんだ。幸せは、それからもずっとつづいた。

その夜、ニコラスはブリッツェンの背《せ》に乗って、もう一度だけ、空の旅に出た。自分がとびだしてきた家を見ておきたかったんだ。まっすぐにぐんぐんとんで、たちまちニコラスが育った小さな家のうらてに着いた。母ちゃんが落ちた井戸《いど》のわきにおりたち、父ちゃんが切った木の切りかぶに腰《こし》をおろす。それから家まで歩いていくと、いまもかすかにくさったカブのにおいがしたが、カルロッタおばさんのすがたは見えない。ニコラスは、中に入ってすわってみた。ここにくるのはたぶんこれで最後になると思ったから、思いきりわが家のにおいをすいこんだ。

エルフヘルムに帰る途中《とちゅう》、ニコラスは空の上から、カルロッタおばさんがクリスティーナンカウプンキに向かって歩いているのをみつけた。ちょうどその上を通りかかったときに、おばさんがちらっと空を見あげた。ニコラスは思った。もし、おばさんに魔法《まほう》を信じることができたら、おばさんの毎日はうんと楽になるのに。そこで、ニコラスは空の高みから大声でおばさんに声をかけた。

「カルロッタおばさん！　ぼくだよ！　トナカイに乗ってとんでるんだよ！　ぼくは元気でやってるけど、うちには二度と帰らないからね！」

おばさんはまた顔を上げ、トナカイにまたがったニコラスが自分に手をふっているのを見た。それから、なにか茶色いものがヒューッと自分に向かって落ちてくるのも。

ニコラスはカルロッタおばさんに魔法《まほう》を信じさせたかっただけなんだが、ほら、ブリッツェンにはべつの考えがあったってわけさ。しかも、ねらいは正確《せいかく》だ。トナカイのふんがおばさんの頭にまともにあたり、よそゆきの服にかかった。

「性根《しょうね》のくさったけだものめ！」おばさんは空に向かってわめきながら、顔についたふんをあわててはらった。

だけど、そのころにはもう、ブリッツェンもニコラスも雲のむこうに消えていたのさ。

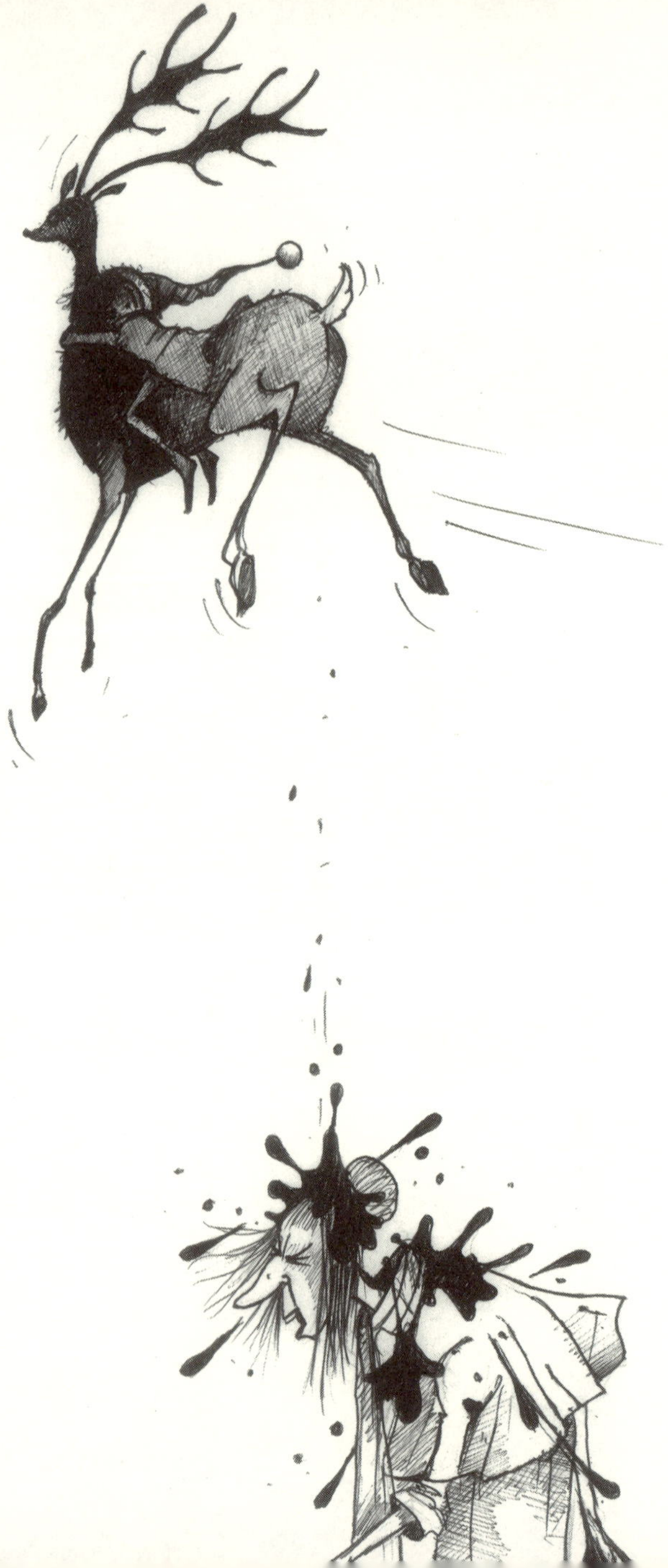

29
それからの十年、ファーザー・クリスマスがしていたこと

1　ジンジャーブレッドを食べる

生まれてからの十一年間、キノコスープしか知らなかったが、それからの十年はエルフの食べるものを食べてすごした。ジンジャーブレッドのほかに、ラッカのジャム、ムスティッカのジャムをのせた丸パン《プッラ》、ムスティッカ・ピーラッカ、あまいプラムのスープ、チョコレート、ゼリー、いろんなお菓子《かし》。エルフのおもな食べもののぜんぶ。一日じゅう、いつだってちゃんと食べものがあった。

2　成長する

ニコラスは背《せ》がずいぶんのびた。身長は、エルフの中でいちばん大きかったファーザー・ヴォドルの倍にもなった。

3　トナカイと話す

トナカイにはトナカイの言葉があるのがわかってきた。口で話す言葉じゃないが、言葉にはちがいない。トナカイのところにいって話すのが、ニコラスのなによりの楽しみだった。トナカイとは天気について話すことが多かった。コケに関する言葉は一万七千五百六十三もある（草にはたったひとつしかない）。トナカイは、つのが世界をあらわしていると信じていて、空をとぶのが好きで、人間はできそこないのエルフだと思っている。いちばんおしゃべりなのはプランサーで、じょうだんばかりいっている。ドナーはやたらと相手をほめる。キューピッドは愛について話し、ヴィクセンはものすごく陰気《いんき》くさくて、哲学的《てつがく》な質問《しつもん》ばかりする（「森の木が一本たおれたとして、それを見た者がだれもいない場合、その木はほんとうにたおれたのか？」というような質問《しつもん》だ）のが好きだ。コメットのいっていることはさっぱりわからない。そして、ブリッツェンはいつでも無口だが、ニコラスはだれよりブリッツェンといっしょにいるのが好きだった。

4　イメージチェンジ

あたりまえだけど、ニコラスには特別な服が必要だった。エルフの服にサイズの合うものはなかったからね。マザー・ブレールがベルトを（黒い革《かわ》のベルトで、ごうかな銀のバックルがついていた）、〝くつべら《シューホーン》〟と呼《よ》ばれている（ほんとだよ！）エルフがブーツを、そして、仕立て屋のファーザー・ルーピンが目のさめるような赤い服をつくってくれた。

5　ぼうしをかぶる

正確《せいかく》にいうと、父ちゃんのぼうしだ。きれいにあらって染《そ》めなおしたおかげで、まるで新品のようになった。

6　いつも陽気にしている

赤と白の服にぴかぴかの黒いベルト、黒いブーツという楽しげないでたちがニコラスのトレードマークとなったが、それだけでなく、毎日できるだけ陽気にしているように心がけた。まわりの人を幸せにしたければ、まず自分自身が幸せでいること、それがむりなら、せめて幸せそうに見えるようふるまうことが、なによりかんたんな方法だったからね。ニコラスの母ちゃんはそうやってた。父ちゃんだって、そうしていたときがあったんだ。

7　本を書く

ニコラスが書いた本はぜんぶ、エルフヘルムでこの十年間のベストセラーになり、それぞれ二十七冊《さつ》以上を売りあげた。『楽しくいこう！　ファーザー・クリスマスの幸せガイドブック』『ぶきっちょにもできるそりづくり』『トナカイ・トレーナーへの道』の三作品だ。

8　仕事をする

エルフ議会の長として、ニコラスはいっしょうけんめい働いた。幼稚園《ようちえん》や公園をつくった。たいくつなミーティングにも参加した。トロルとの和平協定を仲立《なかだ》ちした。そして、エルフヘルムをふたたび、おもちゃとスピクル・ダンスにあふれた楽しいところにした。

9　思いだす

ニコラスはときどき、父ちゃんのことを考えた。自分が別れをつげてきた人間の世界のことも考え、仲間である人間たちがエルフヘルムの神秘《しんぴ》をわかちあえないことを悲しく思った。そして何年もたつうちに、この村にあふれているよい心を、魔法《まほう》を、少しでも人間の世界にわけてあげられないだろうかと考えるようになっていった。

10　友だちをつくる

ニコラスにはずっと友だちがひとりもいなかった。だが、いまは七千九百八十三人の友だちがいる。そのほとんどはエルフだが、それでいい。エルフというのは、友だちにするには最高だからね。

30
いい人、悪い人

ニコラスにはすばらしいエルフの友だちがたくさんできたが、ニコラス自身、リトル・キップやリトル・ノーシュ（ふたりとも、もうそんなにおちびちゃん《リトル》ではなくなって、単にキップ、ノーシュと呼《よ》ばれていた）のお手本みたいな存在《そんざい》になっていた。

「どうして人間には悪い人がいるのかな？」ニコラスがキップとノーシュを連れてそりづくりの勉強に出かけたある日、キップがこんなことをきいてきた。三人はニコラスのそりにいっしょに乗っている。いまはこのそりにも、トポがつくってくれた乗りごこちのいいシートがついている。キップはあごえくぼがあって、つややかな黒髪《くろかみ》をしている。エルフにしてはなかなかの男前だ。ノーシュのほうはあいかわらず陽気で自由気ままだ。ノーシュを見ているといつも、あったかな炎《ほのお》がエルフのすがたになったように思えてくる。

三人はノルウェーの上をとんでいた。まっ昼間であっても、ノルウェーの上空なら、安心してとべる。なにしろ、この国には八人しか人が住んでいないんだからね。

ノーシュはたづなをにぎり、まっすぐ前を見つめている。ブリッツェンやドナーをはじめ、トナカイたちみんながそりをひき、力強く空をかけている。

「たいていの人は、よい心と悪い心の両方を持ってるんだよ」ニコラスは、キップの質問《しつもん》にこたえた。

「トナカイみたいにね」ノーシュもいった。

「そうだな」

「でも、トナカイならかんたんだよ」キップはポケットからくしゃくしゃにまるめた一枚《まい》の紙をとりだして、ニコラスにわたした。キップは紙のまん中に線をひいて、片方《かたほう》に「よい」、もう一方に「わるい」と書いていた。

「かわいそうに」ニコラスは、ヴィクセンの名前がトナカイでは一頭だけ「わるい」のほうに書かれているのを見て、つぶやいた。

「だって、このあいだプランサーのことをかんだんだよ」

「そんなことしたのかい？」

「プランサーも先週はこっち側に書かれてたんだよ。でも、いい子になるならビスケットを一枚《まい》あげるって約束したんだ」

ニコラスはそのことをちょっと考えてみたものの、考えは太陽に雪がとけるみたいに、たちまちどこかにいってしまった。

近づいてくる雨雲をさけて、ノーシュが慎重《しんちょう》にそりの方向を変えた。いまでは、ノーシュはエルフヘルムでいちばんのそりの乗り手にちがいない。

「魔法《まほう》をちょっとわけてあげるってのはどう？　人間にって意味よ」

「ホッ、ホー！」ニコラスは笑った。「そうかんたんな話じゃないよ。さあ、そろそろエルフヘルムに帰ろう。きみのおじいちゃんが待ってるよ。キップのご両親もね。それに、トナカイたちもきっと腹《はら》ぺこだ」

「ぼくは来週で二十二歳《さい》になる」

地上におりて何分もたたないうちに、ニコラスは、ファーザー・トポにこう切りだした。ふたりはトナカイたちにえさをやっている。ノーシュとキップはスピクル・ダンスの動きの練習をしていた。トポはニコラスを見つめた。いまは、だいぶはなれないと、トポにはニコラスの顔が見えない。ニコラスの身長が百八十センチをこえたからだ。ニコラスは、父ちゃ

んの身長も追いこしていた。背《せ》が高くて、力持ちで、にこやか。ニコラスはりっぱな青年に成長していた。にこやかではあったけど、笑顔《えがお》のときも、ほんの少し顔をゆがめている。まるでなにか、たとえば完全にはとけないなぞに、いつまでもとまどいつづけているように見える。

「そうじゃな」トポのまっ白なひげを、風がそっとくすぐっていった。

「今年こそ自分の生きかたを見つけられると思う？」

「なるかもしれんな。じゃが、そのときがくればわかるさ。そこで成長がとまるからな」

ニコラスもそのことは知っていた。エルフの魔法《まほう》を体にやどした者はみんな、自分自身に心から満足したら、それ以上は成長しないのだ。

「トポの場合は九十九年かかったんでしょ？」

トポはため息をついた。「そうじゃ。しかし、わしのような者はめったにおらん」トポはヴィクセンに一枚《まい》ビスケットをやった。

「ほら、ひねくればあさん、もういった、いった」

「でも……」

「もう考えるな。ブリッツェンを見てみろ。ほら、あのつのじゃよ。ここ二年ほどのびておらんじ

ゃろう。やつは考えなくとも、自分にふさわしい歳《とし》を見つけたんじゃよ」

　ニコラスは七曲《ななま》がり道《みち》につづく大通りをふりかえった。木ぐつの店の外には大きな木ぐつがかかっているし、おもちゃ屋さんのかんばんには小さなコマの絵が描《えが》かれている。新聞の売店では、ミンミンが『デイリー・スノー新聞』を売っている。どのエルフも、なにか目的を持って生きていた。平原のほうに目をもどすと、トナカイとだ円形の湖が見えた。今日の湖は風でさざなみがたっていて、鏡のようには見えない。

「なにかしなくちゃ。なにか大きなこと、なにかいいことを。リーダーっていうのは、みちびく人という意味だ。エルフのリーダーになっても、みんなをどこかにみちびかなきゃ意味ないよね」

「ふむ」トポは静かにいった。「おまえさんがどんな決心をするにせよ、

わしらはみんなついていくよ。みんなおまえさんが大好きなんじゃ。マザー・アイヴィーの時代といえばもうずいぶんむかしの話になるが、あれからで考えると、みんないまがいちばん幸せじゃよ。あのファーザー・ヴォドルでさえ、このごろじゃ、ずいぶんおまえさんを気に入っとるようじゃし……」

ニコラスは声をあげて笑った。「それは信じられないな」

「ほんとじゃとも。やつの中でよい心が勝利したのじゃ。そして、よい心はこの村をこえて、ずっと先までどんどん広がっておる。ピクシーどもがヒューリップを植えるのをやめた話はきいたかね？　それに、マザー・ブレールがベルトをぬすまれたのを最後に、強盗もいなくなった……塔《とう》に囚人《しゅうじん》がいなくなってもう一年になるし、トロルのやつらも悪さをしなくなった。それはまあ、おまえさんがここにおるからじゃろうな。うわさも広まっとるようじゃし。トロル殺しのファーザー・クリスマス、とな。ハッハッハ！」

ニコラスはうなずき、あの日の塔《とう》でのできごとを思いだして、胸《むね》が痛《いた》んだ。

「きっとなにかみつかるさ。そして、それはいいものにちがいない。みんなおまえさんを尊《そん》敬《けい》しとるんじゃ。わしらみんながな。それは単に、おまえさんの身長がわしらの二倍もあるからではないぞ！」

このじょうだんは、ニコラスとブリッツェンにかなりウケた。

「ホッホッホー！」ブリッツェンにニンジンをやりながら、ニコラスは大笑いした。それから、ちょっと考えて、こういった。

「ねえ、望遠鏡はどこで手に入るかな？」

楽しくないときも楽しくなる方法

1. ジンジャーブレッドやチョコレート、ジャム、ケーキをもっとたくさん食べる。

2. 「クリスマス」と、口に出していってみる。

3. だれかにプレゼントをあげる。たとえば、おもちゃや本、やさしい言葉や心をこめたハグなど。

4. おもしろいことがなくても笑う。おもしろくないときほど笑う。

5. 楽しかったことを思いだす。あるいは、楽しい未来を想《そう》像《ぞう》する。

6. 赤いものを身につける。

7. 信じる。

『楽しくいこう！ ファーザー・クリスマスの幸せガイドブック』より

31
ファーザー・クリスマス、真実をききにいく

つぎの日、ニコラスはおくりものをひとつ持って、森木立《もりこだち》の丘《おか》に向かった。しばらく会わない相手に会いにいくときは、かならずおくりものを用意することにしてたんだ。だれかになにかをあげるだけで、はれやかな気持ちになれた。今日、ニコラスが持ってきたのは、ピクルウィックがつくった望遠鏡だ。ピクルウィックというのは、むかし、ニコラスが牢《ろう》から塔《とう》の屋根ににげだしたとき、下からひどいことをさけんでいたエルフだ。気にしなくていいと何度もいっているのに、いまだにあのときのことを申しわけながっている。

ともかく、トポのいったとおりだ。丘《おか》にはもう、一本のヒューリップもはえていない。なにも植えずにほったらかしになっているところもちらほらあるが、ほかはラッカやプラムの木ばかりだ。

歩いていくと、わらぶき屋根の黄色い家に着いた。ものすごくちっちゃな家だ。ニコラス

はとびらをノックして、返事を待った。すぐに髪《かみ》の長い、とんがった顔のピクシーが顔を出した。

「こんにちは、真実の妖精《ようせい》さん」

ピクシーは、いかにもピクシーらしく、にかあっと笑った。

「こんにちは、ニコラス。それとも、ファーザー・クリスマスと呼《よ》んだほうがいい？　それとも……サンタクロースかしら？」

「サンタクロース？　どういう意味だい？」

ピクシーはクスクス笑った。「ピクシーはあなたをそう呼《よ》んでんの。『大きなおなかのへんてこな人』って意味よ」

「それはおもしろいね！」ニコラスは望遠鏡をさしだした。「プレゼントだよ。気に入るんじゃないかと思ってね。ここからのながめはすばらしいし」

真実の妖精《ようせい》の目がかがやくのを見て、ニコラスは喜びに胸《むね》がおどった。

「魔法《まほう》ののぞき棒《ぼう》だわ！　あたしがこれをほしがってるって、どうしてわかったの？」

「ただのかんだよ」

ピクシーは望遠鏡に目をあてて、エルフヘルムを見わたしてみた。「うわあ！　うわあ！

どこもかしこも大きく見える！」それから、望遠鏡をひっくりかえして反対側からのぞくと、今度はなにもかも小さく見えた。「アハハ！　自分のすがたをごらんなさいよ！　ピクシーのリトル・ファーザー・クリスマスさん！」

「ホッホッホー！」

「とにかくどうぞ！　中に入って！」

ニコラスは小さな戸口に体をおしこみ、かべにびっしりとかわいらしいピクシーの皿がかざってある黄色い部屋に入った。ニコラスは小さな木のいすに腰《こし》をおろしたが、それでも頭を低く下げていなければならなかった。部屋はあたたかく、いいにおいがした。さとうとシナモン。それに、たぶんチーズ独特《どくとく》のかすかなにおいもする。

ピクシーがにっこりした。

「なにを笑ってるの？」

「あたし、いまでもちょっとだけあんたに恋《こい》してんのよ。あたしの命をすくってくれたあのときから」ピクシーの顔が赤らんだ。ほんとうはそんなこといいたくなかったのだが、真実の妖精《ようせい》なんだから、しかたない。「あたしとあんたじゃ、うまくいきっこないってわかってるけどね。ピクシーと人間だもの。あんたは背《せ》が高すぎるし、そのへんてこなまるい耳のせいで悪い夢《ゆめ》見そう」ピクシーはため息をつき、黄色いタイルをはった床《ゆか》に目を落とした。

「ほんと、いまのひとこと、いわなきゃよかった」

「いいよ。それに、すてきなピクシーがきっとたくさんいるよ」

「やだ、やだ。ピクシーって、びっくりするほどたいくつなのよ。でも、正直いってあたし、ひとりでやってくほうが好きだわ」

ニコラスはうなずいた。「ぼくもさ」

それからちょっとばかり、ぎこちない沈黙《ちんもく》がつづいた。といっても、まるっきりしーんとしてたわけじゃない。なにかカリカリひっかく音やむしゃむしゃ食べる音が小さくきこえている。ニコラスはそれに気づいたが、どこからきこえるのかはわからなかった。

「『デイリー・スノー新聞』のあんたの記事、いつも読んでるわよ。たいした有名人ね」

「ああ……そうだね」ニコラスは小さな窓《まど》から外を見た。遠くにあの高い山が見えて、エルフヘルムでも最高のながめだ。ニコラスは、いまはつかわれなくなった塔《とう》に目をやり、それから、よぼよぼの年寄《としょ》りネズミが鼻の曲がりそうなトロルのチーズをかじっているのに気がついた。さっきからきこえていたのは、その音だったんだ。

まさか。いや、そうだ。まちがいない。ミーカだ。

「ミーカ、ミーカ！　ほんとにきみかい？」

ミーカはふりむいて、ちょっとの間、ニコラスの顔を見た。

「ミーカ、きみなんだね。また会えるとは思わなかった」

「そいつの名前はグランプよ。塔《とう》から釈放《しゃくほう》されて帰ってみたら、そいつが待ってたの。あたしのやるものはなんでも喜んで食べるのよ。とくにトロルのチーズはね」

「カブよりはちょっとましだよな」ニコラスはそっとネズミに話しかけた。

「チーズ」ミーカがいった。「チーズって、ほんとにあった。おいらのチーズだよ」

ミーカを見つめながら、ニコラスはもう十年以上も前、遠くはなれたあの家ですごした子ども時代を思いかえした。父ちゃんや母ちゃん、カルロッタおばさんのことを考える。ふしぎなもんだ。たとえそれが一匹《ぴき》のネズミでも、ひとつの部屋でいっしょにすごした相手と会えば、それだけで百もの思い出につながるとびらがひらくのだ。けれど、ミーカはとくに心を動かされたようすもなく、チーズをかじりつづけている。

「わけがわからないわ」ピクシーがいった。

こいつは古い友だちなんだと教えようかとも思ったが、ミーカが幸せそうにチーズを食べているのを見ているうちに、そのことは自分の胸《むね》にしまっておこうという気になった。ミーカがこの森の家での暮《く》らしに満足しているのは、まちがいないんだ。

「なんでもないよ……それより、きみたちピクシーが乱暴《らんぼう》なことをしなくなったってきいたんだけど」

「そうね……いまでも、だれかの頭をふっとばすことを考えるのは好きよ。でも、わかってもらえるかしら？　ふっとばしたあとは、すごくからっぽな気持ちになるの。それにあたしね、こんなものを発明したのよ……」

ピクシーは引き出しの中からなにかを出した。厚紙《あつがみ》でできたまっ赤な筒《つつ》のようなものだ。

「そっちのはしを持って引っぱって」ピクシーは反対側のはしをつかんでさしだした。

ふたりで両方から引っぱると、**バンッ！**と、とてつもない音がひびいた。

ミーカがチーズを落とし、小さな前足でまたひろいあげた。

ピクシーはキーキーさけんで、大喜びした。「ね、おもしろいでしょ？」

「ああ。こうくるとは思わなかった」

「〝はじけるもの《クラッカー》〟って呼《よ》んでるのよ。中にちっちゃなプレゼントを入れることもできるの。それに、トロルの頭をふっとばすのにくらべたら、あとかたづけもかんたんだわ。ところで、今日はどうしてここに？」

「きみに会いにきたのは、なんでも正直にいってくれる相手と話したかったからなんだ。エルフとだと、みんなすごく気をつかってくれるから、正直な意見がきけるとはかぎらないんだよ。でも、きみはちがう」

ピクシーはうなずいた。「真実をいうのがあたしの仕事よ」

ニコラスはちょっとためらった。なんとなくはずかしかったんだ。ネズミやピクシーにくらべてこんなに大きな体をしてるのに、ネズミやピクシーのほうが自分が何者かをよくころえている。自分の居場所《いばしょ》をちゃんと見つけてるんだからね。

「話っていうのは……ぼくは人間だろ、いちおう。だけど、ぼくには魔法《まほう》の力がある。ぼくはニコラスだけど、いまはファーザー・クリスマスでもあって、すごく宙《ちゅう》ぶらりんな感じなんだ。それってむずかしいよ。やりたいことをみつければいいだけだって、みんなはいうけど。エルフたちは、ぼくがいいことをしてるってほめてくれる。でも、ぼくがどんないいことをしてる？」

「マザー・アイヴィーをたたえて、〝親切の日〟をつくったでしょ。スピクル・ダンスも、やっていいことにした。エルフみんなに、前よりたくさんコインチョコレートをあげてる。エルフの新しい幼稚園《ようちえん》をつくった。公園もね。それと、木ぐつ博物館も。牢屋《ろうや》を『歓迎《かんげい》の塔《とう》』にもどした。あんたが書いた本はいまも売れてる。あたしはあんな、エルフが入れ知恵したくだらない話なんか好きじゃないけどね。あんたはそりづくりの試験にも合格《ごうかく》した。エルフの子どもたちにそりのとばしかたも教えてる」

「そりづくりの試験なんて、みんな合格《ごうかく》だよ。まあ、子どもたちに教えることはしてるけど、それが天職《てんしょく》という気はしない」

ピクシーはさらに頭をひねった。「リトル・キップをたすけた」

「十年前の話だよ」

「そうね。あんたはちょっと過去《かこ》の栄光にとらわれすぎてるのかもね」ピクシーはまじめにいった。「でも、エルフたちはあんたを心から尊敬《そんけい》してるわ」

「みんながそう思ってくれてるのはわかってる。でも、尊敬《そんけい》なんてしないでほしい。だって、みんなには生きがいが必要だ。生きる真の目的だよ。ぼくはまだそれをエルフたちにあたえられていない」

真実の妖精《ようせい》はそのことについて考えてみた。そして、真実のこたえがうかんでくるのを待った。といっても、まばたきひとつぶんか、ふたつぶんの時間だ。いや、ほんというと、三つぶんだ。そこでこたえがうかんだ。

大きく見ひらいたピクシーの目は、明るくかがやいている。

「ときにはね、みんなが人をあがめるのに大事なのは、その人がそれまでどんな人間だったかじゃなくて、これからどんな人間になるかということだったりするの。その人の未来に可能性《かのうせい》を感じて、尊敬《そんけい》するわけ。みんなはあんたになにか特別なところがあると感じてるのよ」

チーズを食べおわったミーカが、テーブルの上を走ってきた。はしまでくると、ミーカはニコラスのひざの上にとびのった。

「あんたが気に入ったみたいね。それってめずらしいことよ。こいつ、好ききらいがはげしいんだから。ごらんなさいよ。あんたのこと、エルフたちと同じような目で見てるわ」

「大好きだよ」ミーカはネズミの言葉でそっといった。「チーズじゃないけど、おまえは好きだ」

「みんな、あんたを尊敬《そんけい》してる」

真実の妖精《ようせい》が話すのをきいていると、ニコラスは胸《むね》がざわめくのを感じた。あたたかく、心地《ここち》よいあの感じ。魔法《まほう》と希望と思いやりの感覚。それは、この世でいちばんすばらしいものだ。その感覚が、もう十年前から知っているあの言葉を、また語りかけてきた。**不可能《ふかのう》な**

ことなどない。だが、それよりもっとうれしかったのは、自分はなにか理由があってこのエルフヘルムにいるのだという気がしてきたことだ。ニコラスがほんもののエルフになれる日はこないかもしれない。でも、ニコラスはいま、ここにいる。そして、人生のすべてに意味があるように、仕事にもちゃんと意味があるのだ。

「あんたには、いいことをする力がある。それは自分でもわかってるでしょ」

たしかに、自分にその力があるのはわかっていたし、どうすればいいかもいずれわかるだろう。そのとき、自分の中にあるニコラスの部分とファーザー・クリスマスの部分はひとつになる。人間の部分と魔法《まほう》の力を持つ者の部分をひとつに合わせ、いつかエルフヘルムだけじゃなく、人間の暮《く》らしも変えられるだろう。

真実の妖精《ようせい》は鼻にしわをよせた。とんがった顔がじっと考えこんでいる。それから、いきなり大きな声をあげた。

「おくりもの!」

「え?」

「人になにかをあげることが、あんたの喜びなのよ。あたしに〝のぞき棒《ぼう》〟をくれたときのあんたの顔を見たわ。いつもどおりのでっかくてへんてこな人間の顔だけど、すっごく幸せそうだった！」

ニコラスはにっこり笑って、あごをさすった。

「おくりもの……そうだね。なにかをあげることか……ありがとう、真実の妖精《ようせい》さん。どうお礼をしたらいいいか、わからないよ」

ピクシーの笑顔《えがお》もさらに広がった。「あたしは、このささやかな家と森木立《もりこだち》の丘《おか》があれば、それでいいの」

そのとき、ミーカがひざの上をごそごそはって、下におりたそうなそぶりを見せた。ニコラスは手をさしだし、ミーカを乗せると、そっと床《ゆか》におろしてやった。

「チーズはカブよりいいだろう？」

「あたりまえのこんこんちき」ミーカはこたえた。それは、ニコラスにも通じたみたいだった。

ニコラスはちっちゃないすから立ちあがり、体をかがめてちっちゃな家を出た。

ニコラスがエルフヘルムに向かい、丘《おか》をおりていくあいだ、ピクシーは何事《なにごと》か考えこんでいた。

「そうだわ！　あんた、ひげをはやすといいわ！　ぜったいにあうから」

四十年後……

特集　ファーザー・クリスマス
直撃《ちょくげき》インタビュー

1部／
2コイン
チョコレート

デイリー・スノー新聞

エルフみんなのお気に入り

独占《どくせん》取材：ファーザー・クリスマス
ひげでイメージチェンジ

今週末、トナカイの広野《ひろの》にすがたを見せたファーザー・クリスマスは、長いあごひげをたくわえていた。本紙政治部《せいじぶ》記者のマザー・ジングルの質問《しつもん》に、ファーザー・クリスマスは以下のようにこたえた。「そう、これはたしかにひげで、わたしの顔にはえている。だが、それよりおつたえしたいのは、もっと親切をという話で……」つまり、ひげのうわさは事実だったのである。

ファーザー・クリスマス風のひげののばしかた
については、33-47面へ

32

おくりものの魔法《まほう》

自分がなんのためにここにいるかということをはっきり理解《りかい》するまでには、長い年月がかかることもある。

ニコラスの場合には、あれからさらに四十年が必要だった。

いまや、ニコラスは六十二歳《さい》になっていた。真実の妖精《ようせい》にいわれたとおり、ひげをのばしつづけただけでなく、エルフ議会の長も長年にわたってつとめつづけていた。

そのあいだ、エルフヘルムを幸福にたもってきたし、幸せをさらに大きくしてもきた。村の大集会所で毎週、スピクル・ダンスの会を（トムテグップの歌つきで）ひらくことにしたし、新しく生まれたエルフの子みんなにおもちゃをプレゼントした。「歓迎《かんげい》の塔《とう》」をおもちゃ工房《こうぼう》に変え、そりづくり学校を大きくしておもちゃづくり大学を開設《かいせつ》した。ピクシーとエルフのあいだに同盟《どうめい》をむすび、トロルとの平和条約《じょうやく》に調印した。ドライフルーツたっぷりの具にスパイスをきかせたミンスパイというお菓子《かし》やシェリー酒、ジンジャーブレッドを人の形に焼きあげたジンジャーブレッドマンを発明したし、エルフたちの最低賃金《さいていちんぎん》を、週にコインチョコレート五百枚《まい》に上げてやった。

しかしそれでも、もっとなにかしなければ、という気持ちはなくならなかった。なにかしなくてはならないことはわかっていた。なにしろ、いまだに日々、年をとっていたからね。トポと数人の例外をのぞけば、たいていのエルフは四十歳《さい》くらいでそれ以上年をとらなくなるのだから、そろそろちょっとまぬけに見えてくる。ニコラスは自分の生きる目的をみつけるのにそれほど長くかかっていたんだ。

ニコラスはエルフたちの手助けをすることが好きだったが、自分の一部がまだ属《ぞく》している人間のほうも、手助けしてやるときがきていた。人々はいまも生きているのだ。ニコラスがあとにしてきた世界に。なにかを失ったり、痛《いた》みに苦しんだり、悲しみにくれたりすることばかりのあの世界に。ニコラスはそこに暮《く》らす人間たちを感じることができた。夜、ベッドに横たわると、頭の中に人間たちの声がきこえてくる。そこに全世界を感じることができた。善《ぜん》と悪。悪い人とよい人とを。

春。月の見えないある日曜日の夜、ニコラスはトナカイの広野《ひろの》からブリッツェンを連れだし、山のむこうまでいってみた。

トナカイの背《せ》に乗って空をとぶことほど気持ちのいいものはない。子どものころからずっとそうしているのに、空を勢《いきお》いよくかけのぼっていくときの心うばわれる感覚が、ニコラスはいまでも大好きだった。いや、いまはもうファーザー・クリスマスという呼《よ》び名《な》にすっかりなれて、ニコラス自身、ファーザー・クリスマスと名のっていた。

ふたりはとびつづけた。父親を最後に見たあの森の上を通るときは、父のすがたをさがした。ここをとぶときはいつも、ついそうしてしまう。ばかげたこととわかっているのに。父親はとっくのむかしに死んだのだ。だが、これは体にしみついた習慣《しゅうかん》だった。ふたりはいくつもの町をこえ、都会をこえ、フィンランドを出て、デンマーク南部までとんでいった。ヘルシンキの小さな漁港では、底引きあみなどの漁船が、漁師《りょうし》たちにまた荒海《あらうみ》に連れだしてもらうのを待っていた。

ファーザー・クリスマスは、自分と同じ人間と話したくてたまらなかった。だが、ひみつは守ると、ずっと前からエルフたちに誓《ちか》いをたてている。エルフたちのいいぶんが正しいのは、よくわかっていた。やはりいまでも、人間はエルフやエルフの魔法《まほう》について教えてやれるほど信用できる相手ではないのだ。けれど、それは人間の暮《く》らしがつらいからにほかならない。

ふたりはさらにとんで、ハノーファー王国、ネーデルラント王国、フランスの上空をわたった。下に見える国々はみんな暗かったが、ときおりあちこちで炎《ほのお》がぱっと光ったり、街の通りをちらちら照らすガス灯が見えたりした。ようやくブリッツェンに帰ろうと声をかけたところで、ファーザー・クリスマスは考えた。自分の記憶《きおく》にある日々はもちろんだが、人の暮《く》らしはみな、この景色に似《に》ている。暗く、その中でときおり光がぱっとかがやくのだ。

月のない夜空を北へ向かいながら、ファーザー・クリスマスは気がついた。これまで一度も人間の世界にもどって暮《く》らすことはできなかったとはいえ、いまだに頭をはなれない疑問《ぎもん》がある。それは、人間の暮《く》らしをどうにかしていまよりよいものにできないか、いまより幸せにできないか、という問いだった。

つぎの日、それとまったく同じ疑問《ぎもん》をエルフ議会に問いかけてみた。

ファーザー・クリスマスはうったえた。「できるだけたくさんの人を幸せにする方法をみんなで考えよう」

ヴォドルは、会議にちょっとおくれてあらわれた。腕《うで》にプレゼントの山をかかえている。

「誕生日《たんじょうび》おめでとう、ファーザー・ヴォドル！」

ファーザー・クリスマスがお祝いをいうと、エルフたちは声を合わせて「ハッピー・バースデー」を歌った。ヴォドルは席につき、よき友人であるファーザー・クリスマスに笑顔《えがお》を向けた。

「時間をまきもどして、あんたを牢《ろう》に入れたあの日をやりなおしたいよ」

「でもいま、みんな幸せだわ」マザー・ノーシュがいった。ノーシュは現在《げんざい》、ジャーナリストとして活躍《かつやく》していて、『デイリー・スノー新聞』のトナカイ担当主任記者《たんとうしゅにん》をつとめている。

「ここにいるみんなは、ずっと幸せだ」ファーザー・クリスマスはいいなおした。「だが、わたしは幸せを山のむこうにもわけてあげたいんだ」

その場の全員がいっせいに息をのんだ。といっても、そんなにたくさんいたわけじゃない。会議室の下の広間で、ケーキの大食い大会がおこなわれていたからね。

「山のむこうじゃと？」トポがたずねた。「そいつは危険《きけん》すぎる。ここはいま完ぺきじゃ。しかし、人間たちにわしらがここにいることを知られたら、めちゃくちゃになる！　いや、悪くとらんでくれよ、ファーザー・クリスマス」

ファーザー・クリスマスは考えこむようにうなずくと、いまはもうトポと変わらないくらい白くなったひげの上から、あごをかいた。トポのいうことはいつも一理あるし、今回も例外じゃない。

「そうだな、ファーザー・トポ、そのとおりだ。だが、魔法《まほう》をほんのちょっぴりわけてあげられるような、なにかができるとしたら、どうだろう？　人間たちの暮《く》らしを明るくできるような、なにかが」

「だが、そのなにかとは？」ヴォドルはそうたずねながらバースデー・プレゼントをあけ、うれしさに歓声《かんせい》をあげた。「おお、トナカイのぬいぐるみだ！　こいつはブリッツェンにそっくりじゃないか！　ありがとうよ、ファーザー・クリスマス」

「どういたしまして」

ファーザー・クリスマスはヴォドルのうれしそうな顔を見ながら、いつものように、おくりものの持つ魔法《まほう》の力について考えた。自分がそりをもらったときのことを思いだす。そして、その数年後にカブ人形をもらったときのことを。そりのほうがカブ人形よりはずっといいに決まっているが、もらったときの気持ちは同じだった。真実の妖精《ようせい》のいったことはほんとうだ。おくりものこそ、ファーザー・クリスマスが得意とするところだ。

そしてその夜、真夜中近くになって、ふいにその考えはうかんだ。

これまでいちばんでっかくて、常識《じょうしき》はずれの考えだ。

そこには、いろんなものがつまっていた。まず、ものすごくがんばって働かなきゃならない。けれど、エルフは働くのが好きだ。楽しければ問題ない。だから、ぜったい楽しい仕事にする必要がある。楽しくなかったら、ぜんぶだいなしだ。そこで、塔《とう》を、どこにでもあるようなただのおもちゃ工房《こうぼう》から、これ以上ない最高のおもちゃ工房《こうぼう》にすることにした。

計画にはトナカイもふくまれていた。そう、トナカイ全員が必要だ。ブリッツェンにみんなをひっぱっていってもらおう。空をとぶことにかけては、ブリッツェンの右に出る者はいないのだから。強くて速いだけじゃない。意志《いし》もかたい。旅を途中《とちゅう》でほうりだすようなまねは、けっしてしない。ニコラスがのぼりかけた山を途中《とちゅう》であきらめることがなかったのと同じだ。ブリッツェンといっしょにドナーにも案内役をつとめてもらおう。森木立《もりこだち》の丘《おか》をさまよっているところをマザー・ノーシュがみつけたという、新しいトナカイでもいい。めずらしい赤い鼻をしているやつだ。

しっかりしたそりもいる。いままでで最高のそりがほしい。そりづくりの名手をそろえなくては。じょうぶなのはもちろんのこと、流線形で、静かに空をすべるのでなきゃならない。だが、まだ問題があった。ファーザー・クリスマスはチョコレートをかじりながら寝室《しんしつ》をいったりきたりした。窓《まど》から外をのぞいてみる。ブリッツェンと八頭の仲間たちが暗い平原でぐっすりねむっているむこうに、村の大集会所が見える。真新しい時計に目をやると、さっきこの考えを思いついてから、もう十五分もたっていた。時のたつのは早い。

これをなんとかする必要がある。

つまり、時間だ。

どうすれば、たったひと晩《ばん》で世界じゅうの子どもたちのもとを回れるだろう？　そんなことは不可能《ふかのう》だ。

そのとき、むかしトポがいったあの言葉が頭によみがえった。

不可能《ふかのう》というのは、おまえさんがまだ理解《りかい》できていないだけで、ほんとは可能《かのう》なことなんじゃ。

空を見あげると、彗星《すいせい》がかがやく尾《お》をたなびかせて星々のあいだをぬけ、夜の闇《やみ》に消えていった。まるで夢《ゆめ》のように。

「流れ星だ」

ニコラスはふとつぶやいて、ずっとむかしにミーカと見た流れ星のことを思いだした。

「わたしは魔法《まほう》を信じるよ、ミーカ」もうずいぶん前に死んでしまったネズミがいまもそばにいると想像《そうぞう》して、ファーザー・クリスマスはいった。「きみがチーズを信じてたようにね」

魔法《まほう》のあるところには、かならず道がひらける。

その道を、今夜はみつけられる気がした。ファーザー・クリスマスはひと晩《ばん》じゅう考えつづけ、やがて考えるのをやめ、今度はそれを信じはじめた。そして、完全に信じたとき、それはもう現実《げんじつ》となっていた。方法を考えたって、しかたない。だって、不可能なことなのだから。不可能《ふかのう》を現実《げんじつ》にするたったひとつの方法には、理屈《りくつ》や常識的《じょうしきてき》な考えかたなどなくていい。そんなもの、いらないんだ。できると信じること。信じることこそが、その方法だ。時間はとめられる。えんとつは広げられる。ひと晩《ばん》で世界を回ることだってできる。正しい魔法《まほう》と信じる気持ちが、自分の中にあれば。

そして、それがいま、ファーザー・クリスマスの身に起ころうとしていた。

そのことに気づいたとき、ファーザー・クリスマスはなにかあたたかいものを感じた。おなかのあたりからはじまって、全身に広がっていく。自分が何者かを知ったとき、将来《しょうらい》の自分のすがたが見えたときにわいてくる気持ちだ。

自分自身を発見したファーザー・クリスマスの成長は、そこでとまった。長い旅路の果てに目的地に到着《とうちゃく》し、そこで歩みをとめるように。本の最後のページにたどりつき、物語が完結して、その先にはもうつづきがないように。

そして、自分でも気づいたんだ。

クリスマスと呼《よ》ばれる男、気持ちは十二歳《さい》のころと変わらないように感じている六十二歳《さい》の男の子は、その日から年をとらなくなった。

ファーザー・クリスマスは、父親の古い赤いぼうしを手にとった。顔にあてると、父親が毎日たくさんの木を切っていたあのなつかしい森のマツのかおりがたしかにする気がした。ぼうしをかぶったところで、村の大集会所から人声がかすかにひびいてくるのに気づいた。それもそのはず！　今日は月曜日。ダンスの夜だ。窓《まど》を大きくあけると、何百人というエルフが楽しげに家路《いえじ》につくのが見えた。

ファーザー・クリスマスはわくわくしてきて、窓《まど》から身を乗りだし、思いきり声をはりあげた。

「メリー・クリスマス、みなさん！　みなさん、こんばんは！」

エルフたちは顔を上げ、おどろいたふうもなく、あいさつをかえした。

「メリー・クリスマス！」

エルフみんなが笑いだし、ファーザー・クリスマスもいっしょに笑った。

「ホッホッホー！」

それから窓《まど》をしめ、チョコレートを食べおえて、ファーザー・クリスマスはベッドに入った。目をとじ、このつぎのクリスマスにどんな魔法《まほう》とおどろきをみんなにわけてあげられるかと思うと、うれしさにほおがゆるんだ。

特集　おいしい！楽しい！
ピクシー・ケーキ

1部／2コインチョコレート

デイリー・スノー新聞

エルフみんなのお気に入り

ファーザー・クリスマスの大いなるかけ

何カ月にもわたる念入りな準備《じゅんび》を終えた今日、ファーザー・クリスマスはおもちゃ工房《こうぼう》で、計画は順調だと発表した。

「すべて問題ない」

ファーザー・クリスマスは本紙政治部《せいじぶ》記者のマザー・ジングルに対し、つぎのように語った。

「今月のはじめに、ジグソーパズルのピースがいくつか行方不明になり、あわてる場面もあったが、ぶじに解《かい》決《けつ》し――（2、3面につづく）

33

最初に目ざめた子ども

クリスマスの朝、だれより早く目ざめたのは、アメリアという名の八歳《さい》の女の子で、イギリスと呼《よ》ばれる雨の多い灰色《はいいろ》の国の、ロンドンという街のはずれに立つ小さな家に住んでいた。

アメリアは目をあけ、のびをした。かべのむこうから、母さんがせきをするのがきこえる。そのとき、暗い部屋の中になにかがあるのに気がついた。アメリアのねているベッドのはしになにか見えるが、動く気配はない。ふしぎに思って、アメリアは起きあがった。それは箱や包みでふくれあがった、くつ下のかたっぽだった。

アメリアは、ひとつめの包みをひらきはじめた。胸《むね》がドキドキする。

「信じられない」中から出てきたのは、木でできた小さな馬だった。アメリアは、こんなのが前からずっとほしかったんだ。つぎのプレゼントをあけてみる。コマだ。色あざやかな手《て》描《が》きのジグザグもようがすばらしい。まだなにかある。ちっちゃなくだものだ！　アメリアはミカンなんて見たことがなかった。それと、チョコレートでできたコイン！

アメリアは、くつ下の底にクリーム色の便せんがたたんで入れてあるのに気がついた。それには、こんなことが書いてあった。

アメリアへ

きみはこの1年、いい子にしていたね。
そのことをつたえられて、わたしもうれしく
思うよ。プレゼントは気に入ってくれた
かな？　エルフたちがきみのために
特別につくったものだ。
わたしの名前はファーザー・クリスマス。
きみと同じ歳《とし》のころはニコラスと呼《よ》ばれていた。
これからの人生で、きみに「おとなになれ」と
いったり、「魔法《まほう》を信じるのをやめろ」といったり
する人が、おおぜい出てくるだろう。だが、
そうした声に耳をかたむけてはいけない。魔法《まほう》
はこの世に存在《そんざい》する。
わたしとエルフと空とぶトナカイが、そのことを
きみに、そして、世界じゅうの子どもたちに
証明《しょうめい》しよう。毎年クリスマスの朝、きみたちは
プレゼントのつまったくつ下を発見するだろう。
そこでお願いだ。どうかみんなにこの話を
広めてほしい。メリー・クリスマス！

きみのファーザー・
クリスマスより

訳者《やくしゃ》あとがき

みんなが楽しみにしているクリスマス。町もにぎやかになって、心がうきたつ季節ですね。あなたはいつも、どんなクリスマスをすごしていますか？　サンタクロースからのプレゼントは、とどいているでしょうか？

「サンタなんて、いないよ」という人もいるかもしれません。だって、トナカイのそりで空をとぶなんてありえないし、ひと晩《ばん》で世界じゅうにプレゼントを配るなんてぜったい無理だし、うちにはえんとつがないのにどこから入るっていうの？　考えれば考えるほど、うたがわしくなってきますね。それで、信じるのをやめてしまった人もいるかもしれません。どう考えても不可能《ふかのう》なことばかりなんですから。

でも……。

サンタクロースはいうでしょう。不可能《ふかのう》なことなどない、信じて心から願うのだ、どんなときも希望を捨《す》ててはいけない、と。つらいこと、悲しいことがいっぱいあって、なにも信じられないときはなおさら、信じる心をわすれないでください。世の中には、小さな魔法《まほう》のようなできごとが、案外たくさんあるものです。気をつけていれば、とても不思議でうれしいことが、すぐそばで起こっているのに気づくでしょう。もしかしたら人間にも、ドリムウィックをつかう力があるのかも。正しく願いさえすれば、それがかなうのかもしれません。

フィンランドのことを、少しお話ししておきましょう。世界地図をひらいてみてください。その国はヨーロッパの北のほうにあって、西はスウェーデン、北はノルウェーの北部と接《せっ》しています。北海道よりずっと北なので、ずいぶん寒いところだろうとわかりますね。

寒いだけでなく、これほど北になると、季節によって昼と夜の時間が大きくちがってきます。夏には昼がうんと長くなり、冬には夜が長くなります。北のはしのほうでは、夏には太陽がしずまない「白夜《びゃくや》」、冬には太陽が顔を出さない「極夜《きょくや》」という現象《げんしょう》も見られます。カルロッタおばさんがやってきた時期、ニコラスが住んでいるあたりでは、朝は四時よりも前に日がのぼり、夜は十一時をすぎてからでないと日がしずみません。日の出から日が入りまで働かされるなんて、どんなにつらかったでしょうね。

いっぽう、冬は一日の大半が夜なので、人々は寒くて暗いこの季節を少しでも楽しくすごそうと、いろいろ工夫をしています。なかでもクリスマスはいちばんの楽しみですから、たっぷり時間をかけて準備《じゅんび》します。お料理もかざりつけも、手作りのものが多いそうですよ。心のこもったものはそれだけあたたかいということを、きっと知っているんですね。エルフたちはお菓子《かし》ばかり食べているようですが、フィンランドでクリスマスのごちそうの主役といえば、マスタードをぬって焼いたハムです。ほかに、サーモン料理やニシンの酢《す》づけ、野菜のキャセロールなどが、テーブルにならびます。

物語の最後で、女の子がもらったプレゼントにミカンが入っていましたね。日本のミカンは冬の貴重《きちょう》な果物《くだもの》として、フィンランドやイギリスのほか、多くの国で親しまれています。クリスマス・オレンジとも呼ばれ、クリスマスにミカンを贈《おく》りあう風習もあるそうですよ。

この物語の作者、マット・ヘイグはフィンランドではなくイギリスの作家で、おとな向けにも子ども向けにも、いろいろな本を書いています。ノルウェーに親せきがいて、子どものころに何度も遊びにいったそうで、ノルウェーを舞台《ぶたい》にした冒険《ぼうけん》物語を書いてもいます。

ところで、この『クリスマスという名の男の子』には、つづきのお話があります。ファーザー・クリスマスとアメリアという女の子の話です。そう、ファーザー・クリスマスからのプレゼントを最初に受けとった、あの子どもです。ファーザー・クリスマスはアメリアに、これから毎年プレゼントをとどけると約束しました。けれどもその約束は、簡単《かんたん》にははたせませんでした。いったいなにがあったのでしょう？　つぎの物語を楽しみに待っていてください！

二〇一六年十一月十一日

杉本 詠美

文＊マット・ヘイグ（Matt Haig）

イギリスの作家。大人向けの作品に、『今日から地球人』（早川書房）などの小説やビジネス書がある。児童書作品で、ブルー・ピーター・ブック賞、ネスレ子どもの本賞金賞を受賞、3作品がカーネギー賞候補作に挙げられている。息子に「ファーザー・クリスマスはどんな子どもだったの?」とたずねられたことから、この本の着想を得た。

絵＊クリス・モルド（Chris Mould）

イギリスの作家、イラストレーター。文と絵の両方を手がけた作品を多数発表するほか、『ガチャガチャゆうれい』（ほるぷ出版）など多くの子どもの本のイラストも担当し、ノッティンガム・チルドレンズ・ブック賞を受賞。ケイト・グリーナウェイ賞などの候補にも選ばれる。子どものころの自分が喜びそうな本を書くのが楽しみ。

訳＊杉本詠美（すぎもと えみ）

広島県出身。広島大学文学部卒。おもな訳書に、『テンプル・グランディン　自閉症と生きる』（汐文社、第63回産経児童出版文化賞翻訳作品賞を受賞）、「ガラスのうし　モリーのおはなし」シリーズ（少年写真新聞社）、『アンドルー・ラング世界童話集』（東京創元社、共訳）など。東京都在住。

クリスマスとよばれた男の子

2016年12月5日　初版第1刷発行

文＊マット・ヘイグ

絵＊クリス・モルド

訳＊杉本詠美

発行者＊西村正徳

発行所＊西村書店 東京出版編集部

〒102-0071 東京都千代田区富士見2-4-6

Tel.03-3239-7671　Fax.03-3239-7622

www.nishimurashoten.co.jp

印刷・製本＊中央精版印刷株式会社

ISBN 978-4-89013-977-4　C8097　NDC933